SYGNE

JOURNAL
D'UN SCÉNARIO

Collection dirigée par Thierry Laroche

FABRICE CARO

JOURNAL D'UN SCÉNARIO

ROMAN

SYGNE GALLIMARD

Mercredi 14 septembre

La dernière fois que j'ai tenu un journal, c'était au lycée, à la suite de ma rupture avec Delphine Richard (de sa rupture avec moi, si l'on veut être rigoureux). Un journal essentiellement composé de lamentations, d'aphorismes abscons et d'extraits de chansons des Smiths (*Last Night I Dreamt That Somebody Loved Me*). Pour évacuer un trop-plein de négatif, le digérer, l'extérioriser, voire y survivre. Trente ans plus tard, j'entame un journal pour les raisons exactement inverses : canaliser un trop-plein de positif. Un journal de bord comme ont pu en tenir les grands explorateurs partant à la recherche de contrées inconnues. À l'aube d'une aventure humaine et artistique dont je veux garder une trace indélébile. N'en déplaise au vieux chef indien de *Little Big Man* (Arthur Penn, 1970) : aujourd'hui est un grand jour pour renaître.

Ce matin, Jean Chabloz m'a reçu dans son bureau après que nous avons échangé quelques messages dans lesquels il se disait enthousiasmé par mon scénario. Il avait conclu l'un d'eux par ce *Rencontrons-nous*, une injonction passionnelle, presque torride.

Face à lui, j'avais du mal à dissimuler mes mains tremblantes. Très vite, il m'a confirmé de sa voix grave et profonde tout le bien qu'il pensait de mon texte. Il adore l'idée de condenser une année d'amour en une heure trente, une compression du temps qui traduit le fugace et l'inéluctable. Prudent, avant que nous entrions dans les détails, je lui ai précisé qu'il ne s'agissait là que d'un premier jet qui demandait à être ciselé. *Bien sûr bien sûr, mais la matière est déjà là*, a-t-il dit. Selon lui, cette version était déjà amplement suffisante pour commencer à démarcher des partenaires et la faire lire aux acteurs pressentis. *Démarcher*, *partenaires*, *acteurs pressentis*. Subitement, tout devenait concret, en quelques mots il scellait une réalité. Le scénario quittait son lit de papier pour enfin s'incarner, il s'apprêtait à être lu par des êtres de chair qui allaient donner vie à mon histoire. C'était vertigineux. Il a ajouté *Ma collaboratrice vous fait passer très vite une proposition de contrat*, enfonçant le clou de la réalité palpable. Il déléguait cette partie à une tierce personne, une *collaboratrice*, comme si parler argent était d'une vulgarité sans nom. J'aime cette idée que notre relation n'est bâtie qu'autour de l'art. Abandonnons aux autres le bas administratif, ne laissons pas le trivial parasiter le beau.

Il a posé sa main sur mon épaule, m'a raccompagné jusqu'à la porte de son bureau et a conclu sur cette phrase *On va faire un beau film*. Phrase que depuis ce matin je me répète en boucle, ayant encore du mal à y croire. Elle a quelque chose de rassurant et d'artisanal, elle respire la belle œuvre et les mains dans la terre. Chabloz a beau jongler avec des sommes astronomiques et des projets titanesques, c'est un terrien. On lit dans son œil qu'il n'est pas dupe du petit cirque financier et relationnel qui régit le milieu du septième art. Il m'a longuement parlé de ses origines bourguignonnes, son père viticulteur qu'il allait aider durant les vendanges et dont il a hérité le goût du bon vin, *Mais attention, pas des vins qui pètent dans la soie hein, du bon petit vin de soif*, a-t-il tenu à préciser. J'ai acquiescé malgré ma méconnaissance totale du vin, inutile de se trouver d'emblée des points de divergence. S'est instaurée instantanément une forme de relation paternelle, même s'il ne doit avoir qu'une dizaine d'années de plus que moi.

On va faire un beau film. Ce *on* qui parle de son implication, il dit le partage, le projet collectif, l'envie d'aller ensemble dans une même direction, de triturer la glaise à quatre mains. Il dit : Vous ne serez pas seul, nous allons vous accompagner.

Au sortir de notre rendez-vous, j'ai couru. *Couru !* Comme un collégien revenant de son premier flirt. Couru, de joie, d'exaltation, pour arriver chez moi le plus vite possible et m'y replonger, battre le fer tant qu'il est chaud, mettre à profit cette énergie, encore porté par son enthousiasme contagieux.

On va faire un beau film.

Jeudi 15 septembre

SYNOPSIS

Les servitudes silencieuses *raconte une année d'amour entre deux accidentés de la vie, Ariel et Marianne, de leur rencontre à leur rupture. Un amour tumultueux, impossible, bousculé, qui éclate, se délite, s'enflamme. Le film est un flash-back du point de vue d'Ariel qui, en convalescence chez son frère et entre deux visites à son père malade, se remémore cette histoire, les images de cet amour, de sa naissance incandescente à sa désagrégation tragique.*

BRÈVE NOTE D'INTENTION

La particularité de ce projet se trouve moins dans son sujet, maintes fois abordé au cinéma, que dans son traitement, fragmentaire et chaotique, assemblage de bribes d'existence en une succession de tableaux brefs et nerveux, dans un montage très cut, *impliquant le spectateur et le mettant à contribution. À lui de reconstituer le puzzle pour saisir l'essence de cette relation. Le noir et blanc au grain très dense qui habille le film vient souligner l'oppression ordinaire qu'on finit par ne plus percevoir mais qui flotte tout autour de nous.*

Les servitudes silencieuses *est un film de lutte, contre tout ce qui s'installe et sédimente, ou comment l'amour trouve sa place dans un monde qui ne lui laisse plus le moindre espace.*

Louis Garrel est Ariel. Mélanie Thierry est Marianne.

Voilà les quelques mots qui accompagnaient mon scénario et que je voulais brefs et percutants. Avec le recul, quand je relis ma dernière ligne et son casting imposé sans la moindre discussion, la moindre ouverture de négociations, ce verbe *être* gravé dans le marbre, sûr de lui, j'en ai froid dans le dos: comment ai-je pu être aussi présomptueux et définitif? Une ligne qui à elle seule aurait pu faire capoter le projet et qui finalement, je crois, a joué en ma faveur. Quelqu'un qui affirme avec une telle force que les personnages seront ceux-là a non seulement une idée très précise de son sujet, mais emporte tout de sa détermination inébranlable.

Vendredi 16 septembre

Je cherche sur Internet des images réunissant Louis Garrel et Mélanie Thierry, je n'en trouve aucune, voilà qui me semble de très bon augure. Personne avant moi n'a pensé à réunir ce couple à l'écran. Je n'en crois pas mes yeux, c'est inespéré. Je suis partagé entre excitation et appréhension : cette association me semble d'une telle évidence, je redoute que quelqu'un n'y pense aussi avant que mon film aboutisse. Raison de plus pour m'atteler à mon scénario et l'achever dans les plus brefs délais. J'ai bien conscience du côté paranoïaque de ma crainte, je jouerais de malchance si, juste avant moi, un scénariste avait la même idée. Mais n'y a-t-il pas des précédents ? Les deux biopics sur Yves Saint Laurent (*Yves Saint Laurent* de Jalil Lespert avec l'excellent Pierre Niney et *Saint Laurent* de Bertrand Bonello avec le regretté Gaspard Ulliel) se sont montés en parallèle et sont sortis la même année (2014). Les idées sont dans l'air, il suffit de les attraper, mais il n'est pas rare que deux filets attrapent sans le vouloir le même papillon.

Mon appréhension est motrice, elle m'incite à ne pas perdre une seule seconde.

Plus j'y pense, plus je me dis que c'est cette trouvaille de duo qui, outre l'histoire, a séduit Jean Chabloz. J'ose espérer que mon scénario l'aurait happé sans ça, bien sûr, mais c'est le petit plus qui a fait la différence, celle qui fait dire *On y va, on se lance*, qui fait dire *On va faire un beau film*.

Je m'amuse à faire un montage Photoshop pour pouvoir me projeter. Je ne suis pas expert en Photoshop, mais le simple fait de les voir là, côte à côte, me procure une joie inédite, comme si le projet se concrétisait ici, sous mes yeux, en une seule image. Je retrouve ce plaisir que j'éprouvais, enfant, lorsque je dessinais des couvertures de livres que j'avais le projet d'écrire, livres que finalement je n'écrivais jamais, la réalisation de la couverture suffisant à me rassasier.

Il émane de leur association un magnétisme hypnotique. Lui brun ténébreux, elle blonde lumineuse, la beauté qu'ils dégagent tous deux réunis est supérieure à la somme de leurs beautés respectives, une véritable alchimie dans toutes les acceptions du terme : celle qui exprime l'harmonie, mais aussi, au sens premier, l'assemblage de deux éléments chimiques engendrant la création d'un troisième. J'ai beau chercher, je ne vois qu'un seul autre couple doté d'une telle présence dans l'histoire du cinéma : Alain Delon et Romy Schneider dans *La piscine*, cette sensualité trouble, cette animalité, tous deux perclus de failles enfouies, surtout à cette époque de leur vie – on imagine aisément Delon, entre deux plongeons, passer des coups de fil fébriles et inquiets, suivant étape par étape les rebondissements de l'affaire Marković, et je suis sûr que, même de manière imperceptible, cette affaire a modifié son jeu, y a apporté une gravité sous-jacente. Voilà ce que je retrouve chez Louis Garrel et Mélanie Thierry : une braise qui couve, un gouffre qui ne dit pas son nom, à peine recouvert d'un mince filet de branches et de feuilles sèches.

Je songe à essayer de faire un montage audio (à l'aide d'un logiciel type Audacity) mêlant leurs voix dans un dialogue imaginaire fait d'extraits de films, mais je n'ai aucun doute quant à leur harmonie vocale. Ils ont une manière de poser les mots très différente, lui un débit précipité, mâchant même certaines lettres, des *s* devenant parfois des *z*, elle douce et posée, enveloppante comme un drap de soie, caressant chaque syllabe de ses lèvres pulpeuses. Deux ondes déphasées qui s'entremêlent dans un tango fiévreux.

Samedi 17 septembre

EXT. TERRASSE BAR – JOUR

ARIEL

C'est du sursis tout ça, uniquement du sursis, partout, tout autour de nous, du sursis et rien d'autre, on se bouffe du sursis, Marianne, chaque seconde…

MARIANNE

Et qu'est-ce que ça nous autorise ?

ARIEL

Tout, ça nous autorise tout, ça nous autorise à être résignés, c'est le plus grand des luxes, Marianne...

MARIANNE

Le plus grand des luxes, c'est de voyager léger.

Jean Chabloz m'a assuré qu'on trouverait le metteur en scène idéal pour donner corps à mon scénario. Je lui ai demandé s'il avait des noms en tête, il a effectivement quelques idées mais préfère ne rien en dire pour l'instant. Il laisse mûrir. Et surtout ne veut pas me donner de fausse joie. Mais je sens que ses pistes l'excitent. Son silence éloquent donne libre cours à mes fantasmes et je me prends à rêver d'un Arnaud Desplechin, d'un Leos Carax, d'une Rebecca Zlotowski, d'un Olivier Assayas, d'une Maïwenn, ou pourquoi pas d'un Louis Garrel lui-même, il a prouvé à maintes reprises qu'il n'a aucun mal à être à la fois devant et derrière la caméra, son parcours de réalisateur est plutôt un sans-faute.

L'idée m'a traversé un temps de réaliser moi-même mon film, idée aussitôt abandonnée. Je ne m'en sens pas les épaules. Certes, en évitant les intermédiaires on donne plus de chances à l'idée originelle, elle n'a que peu d'occasions de se dissoudre en cours de route, de se déformer comme au téléphone arabe, et sans doute ferais-je un film qui me ressemble plus que ne le ferait quiconque. Mais je n'en ai tout simplement pas les capacités techniques, mon incompétence aurait pour effet de dissoudre et déformer tout autant l'idée originelle, voire plus. Et d'un point de vue plus pragmatique, je ne crois pas que des producteurs s'engageraient avec un réalisateur sorti de nulle part. Ils me rétorqueraient sans doute *Être réalisateur ne s'improvise pas, même si certains ont l'outrecuidance de penser le contraire.* Passion et style ne riment pas toujours, ça n'est pas parce qu'il est honnête qu'un projet est réussi. Ils auraient raison.

Dimanche 18 septembre

Gueule de bois. Mais gueule de bois douillette. C'était hier soir l'anniversaire de Yann, il avait organisé une petite fête pour ses cinquante ans. Anniversaire couplé à une sorte de crémaillère qui ne voulait pas dire son nom, parce qu'imposée par sa rupture avec Martine. Je crois que l'un était censé faire oublier l'autre. Il avait l'air plutôt en forme, même si j'ai vu à plusieurs reprises dans la soirée son regard rebrousser chemin pour se perdre dans des espaces révolus, d'autres couloirs, d'autres salons, d'autres rires en fond.

J'ai profité d'un moment où nous nous trouvions tous les deux seuls dans la cuisine pour lui annoncer la bonne nouvelle. *Mon scénario va devenir un film.* Il est resté un temps en arrêt, m'a pris dans ses bras et nous avons porté un toast à cet heureux événement. Yann a d'autres chats à fouetter en ce moment mais il s'agissait de lui changer les idées. Il suit depuis tant d'années mes aventures que ma victoire est un peu la sienne. Il a toujours été là, à mes côtés, pas de cachotteries entre nous. En revanche il n'était pas prévu que, plus tard dans la soirée, j'en parle à cette fille.

Je me trouvais par hasard avec Yann, un type et une fille que je ne connaissais pas quand Yann et le type ont été appelés par je ne sais qui et nous nous sommes retrouvés, la fille et moi, à côté, debout avec nos verres à la main, lâchés par nos connaissances communes, ne sachant trop que faire ni que dire. Nous avons commencé par échanger des banalités pour combler le vide, c'est là qu'elle m'a appris qu'elle était professeure en études cinématographiques à l'université. J'en suis resté bouche bée. Quelle était la probabilité, en pleine écriture de mon scénario, de tomber sur une professeure en études cinématographiques ? Elle a sans le vouloir ouvert les vannes, j'ai tout déballé, *Ça alors c'est dingue, je suis scénariste, je suis en train d'écrire un film pour Louis Garrel et Mélanie Thierry.* À ce stade, le rhum m'avait fait perdre quelque peu la notion de confidentialité. Devant sa réaction enthousiaste et admirative, ses grands yeux verts écarquillés et brillants, j'ai commencé à lui parler du projet. Et plus je lui en parlais, plus elle avait de questions à me poser. Elle adorait Louis Garrel, elle adorait Mélanie Thierry, nous avions les mêmes références, nous avons longuement échangé autour d'Eustache, Rohmer, Fellini, Resnais, Cassavetes, Jarmusch, à tel point que, sans nous en rendre compte, nous avons passé la soirée ensemble, à deviser essentiellement de cinéma. Nous nous sommes quittés après avoir échangé nos numéros de téléphone, sans formuler explicitement qui rappellerait qui, par une forme de timidité persistante, comme si l'on avait du mal à oser prolonger cet échange hors de l'écrin qu'avait constitué la soirée.

Elle s'appelle Aurélie.

(Ce journal n'était pas censé accueillir des considérations extérieures à mon travail. Entorse qui n'en est pas tout à fait une : après tout, c'est bel et bien mon scénario qui nous a réunis, elle et moi.)

Lundi 19 septembre

Plan d'ouverture

EXT. BALCON APPARTEMENT ARIEL - JOUR

Gros plan visage d'Ariel, il fume une cigarette.
Voix off Ariel

C'est l'histoire de la fin des dinosaures.
C'est l'histoire d'une danse sur un lac gelé.
C'est l'histoire d'un type qui s'allonge sous les roues d'une voiture.
C'est l'histoire du temps qu'il nous reste.
Et de celui passé à croire qu'on y a cru.

Musique générique.

Les premiers mots d'un film sont décisifs, c'est la porte qui invite le spectateur à entrer dans l'œuvre ou le laisse à l'extérieur – du moins durant un petit moment. J'ai encore en mémoire l'ouverture d'*Un monde sans pitié* d'Éric Rochant (Éric Rochant, bien sûr ! Comment ai-je pu l'oublier dans ma liste de réalisateurs fantasmés ?), ouverture que je connais par cœur, je la reproduis ici, pour le plaisir, de mémoire, sans même aller réviser mes sources :

Si au moins on pouvait en vouloir à quelqu'un. Si même on pouvait croire qu'on sert à quelque chose, qu'on va quelque part. Mais qu'est-ce qu'on nous a laissé ? Les lendemains qui chantent ? Le grand marché européen ? On n'a que dalle. On n'a plus qu'à être amoureux comme des cons. Et ça c'est pire que tout.

Petit bijou d'orfèvrerie. Ça c'est du début de film ! Le voilà, mon étalon en matière d'ouverture. La mienne ne lui arrive pas à la cheville, mais les modèles ne sont pas faits pour être atteints, ils sont là pour qu'on s'accroche à la paroi.

Soirée délicieuse que je prolongerais bien par un café à l'occasion, si le cœur t'en dit, et si Mélanie et Louis t'autorisent une pause. Suivi d'une émoticône clin d'œil. Je viens de recevoir ce texto. Je suis troublé, flatté et, bizarrement, un peu impressionné. Surpris aussi – je suis toujours surpris qu'une personne veuille me revoir après la première rencontre.

Je me dois de répondre sur le même ton léger et désinvolte pour rester en phase avec son message. Avant toute chose : ai-je envie d'aller boire un café avec Aurélie ? Je crois que oui. J'écris *Mélanie et Louis m'ont donné la permission de 14 heures n'importe quel jour*, également suivi d'une émoticône clin d'œil.

Terminer moi aussi par cet émoji ne pourrait-il pas passer pour une sorte de moquerie ? Ne risque-t-elle pas de croire que je la singe ? Pire, mon mimétisme ne traduit-il pas un manque de personnalité, un tempérament de suiveur, voire de type sans la moindre fantaisie et dépourvu d'imagination ?

Nous sommes cette génération que l'histoire a plus ou moins épargnée et dont les grandes tragédies se résument à : par quelle émoticône conclure ? Va pour le clin d'œil. J'envoie mon texto, vaguement fébrile. Elle me répond dans la seconde : *Aujourd'hui ?* Émoticône clin d'œil.

INT. CUISINE – JOUR

Ils fument une cigarette.

ARIEL

On passe son temps à céder du terrain, Marianne...

MARIANNE

Qu'importe de céder du terrain s'il est miné de toute part.

ARIEL

On s'attache à ses mines, on les connaît par cœur, on marche rarement dessus.

MARIANNE

Pourquoi les garder si elles sont sans danger ?

ARIEL

Pour souffler, Marianne, pour souffler un peu.

Notre rendez-vous s'est admirablement passé. C'était un moment charmant. Je suis très intimidé par son érudition, qui m'avait échappé lors de la soirée, le rhum me donnant probablement l'illusion que nous jouions à armes égales. Elle s'est lancée un moment dans un développement sur le *parler faux* de Jean-Pierre Léaud. *Attention, contrairement aux apparences le terme n'est pas péjoratif,* a-t-elle tenu à préciser, *dans la bouche de grands acteurs habités, il produit un décalage somptueux, vouloir à tout prix faire réaliste dans un cadre réaliste annihile toute poésie, mais évidemment je ne t'apprends rien.* Alors que si, elle me l'apprenait. J'ai confirmé d'un hochement de tête entendu, le parler faux qui décale sensiblement le réalisme, bien sûr, évidemment, complètement. Elle a exposé sa théorie tout en dégustant un café gourmand, me proposant de prendre sa crème brûlée – *je ne comprends pas pourquoi il y a de la crème brûlée dans le café gourmand, il faudra qu'on m'explique ça un jour, c'est une ineptie totale.* J'ai été troublé par sa proposition. Comme une forme d'intimité installée. Peut-être s'agissait-il d'un geste anecdotique, peut-être que proposer une composante de son café gourmand peut très bien se faire dès la deuxième rencontre, c'est possible, j'ai égaré les codes de l'intimité dans un vieux tiroir au milieu de photos jaunies.

Elle semble passionnée par mon scénario, elle m'a mitraillé de questions (comme *Qui des deux grands cassés de la vie a baissé la garde en premier ? Marianne ou Ariel ? C'est primordial dans la tectonique de la relation*). Et mes réponses m'éclairaient moi-même sur mon travail, me permettaient d'y voir plus clair dans ma démarche. Aurélie faisait office de sage-femme, m'aidant à accoucher de mon projet autour d'un café gourmand maïeutique. Au moment où j'écris ces lignes, j'ai encore dans la bouche le goût de la crème brûlée que j'ai fini par accepter.

(Anecdote qui me revient spontanément, surgie du fin fond des âges : classe de CM2, j'ai oublié ma flûte à bec pour l'épreuve individuelle, le maître demande à Dorothée Froment, à côté de moi, de me prêter la sienne. Dorothée Froment, fruit de mes tourments. Au moment où je pose mes lèvres sur le bec de la flûte, la pleine conscience que mes molécules de salive se mêlent aux molécules de salive de Dorothée Froment, je me formule l'informulable : je suis en train d'embrasser Dorothée Froment par flûte interposée. *Dans la forêt lointaine*. C'est le morceau que je suis censé jouer. Morceau qui restera à jamais pour moi un sommet indépassable d'érotisme. Fin de la parenthèse.)

Mardi 20 septembre

INT. CHAMBRE – NUIT

Ariel parle à voix basse, il caresse la joue de Marianne.

ARIEL

C'est l'histoire de deux objets perdus, chacun à une extrémité de la ville, de pauvres objets par terre que plus personne ne regarde, pas même les chiens errants. Et les passants sans les voir, en marchant, à coups de semelle, les déplacent l'un et l'autre négligemment, peu à peu, sans même s'en rendre compte. Et puis un jour, au gré des déplacements, les deux objets perdus se retrouvent côte à côte, au centre de la ville, au bord du caniveau... Et à partir de ce moment-là, chaque fois qu'une semelle déplace un objet, elle déplace l'autre aussi, de trottoir en trottoir...

MARIANNE

C'est quoi les objets ? C'est flou, un objet...

ARIEL

On sait pas, c'est pas précisé, un objet perdu. De toute façon tout ce qui est perdu se ressemble.

Message d'Aurélie. *À quand ta revanche sur le café gourmand ? Tu faisais bien pâle figure avec ton café allongé. 1-0, la balle au centre. Correction de copies ces derniers temps, mais je serai plus dispo d'ici deux, trois jours. Biz.*

Elle ajoute à son message un lien vers une interview de Louis Garrel qu'évidemment j'ai déjà vue. Je n'en suis pas moins touché – peut-être même plus – sans exactement saisir pourquoi.

En revanche elle n'ajoute cette fois aucune émoticône. J'y vois un signe de rapprochement, elle n'a plus besoin de préciser le sous-texte, nous nous connaissons désormais suffisamment pour en faire l'économie – ma théorie vaut ce qu'elle vaut. Je tourne quelques formules dans ma tête avant de me décider pour *Je commence à m'entraîner, le jour venu je serai prêt. Merci pour la vidéo, génial !* Quant à ce *Biz* ? Qu'en faire ? Dois-je m'adapter à mon interlocutrice et le reprendre tel quel ? *Biz* ne me ressemble pas. Je ne suis pas le genre à écrire *Biz*. Je me replie prudemment sur un *Bise* plus conventionnel – et tant pis s'il sonne plus froid, plus vieux, plus étriqué dans un pull à col roulé qui gratte.

(Je m'impose une pression absurde selon laquelle, puisque je suis scénariste, mes textos doivent être efficaces, percutants, spirituels, impeccables. Attend-on du cuisinier d'un restaurant réputé que ses sandwichs de pique-nique familial soient des perles de gastronomie ?)

Elle me répond dans la seconde – à croire qu'elle ne lâche pas son téléphone. *Ah ah ah* suivi d'une émoticône qui pleure de rire. Ma théorie du sous-texte s'écroule comme un château de cartes.

Je mets peut-être la charrue avant les bœufs mais une question me travaille depuis quelques jours. Si notre film était sélectionné à Cannes, est-ce que je m'y rendrais ? J'ai toujours nourri une forme de méfiance vis-à-vis de ce genre d'événements. La compétition en art est une chose que j'ai du mal à appréhender et que j'ai toujours trouvée un peu absurde, voire ridicule. Qui peut dire que telle œuvre est meilleure que telle autre ? Oserait-on affirmer le plus sérieusement du monde que *Les demoiselles d'Avignon*, c'est mieux que les colonnes de Buren ? Ça me semble aussi absurde que de dire *Le saut à la perche, c'est mieux que la blanquette de veau*, ça n'a aucun sens, tout ne peut pas se comparer.

Le cas Woody Allen a toujours été exemplaire. Il ne s'est jamais rendu dans ces cérémonies, sauf pour la remise d'une Palme d'honneur au Festival de Cannes (2002), et a toujours refusé que ses films soient en compétition officielle.

Mais n'est pas maquisard qui veut, ce genre de certitudes doit bien vite s'effondrer le jour où l'on apprend sa sélection, il est plus facile d'être rétif à un système auquel on sait qu'on n'appartiendra jamais, plus aisé de ricaner de l'extérieur. Une fois intronisé dans le cercle, enveloppé et caressé par la reconnaissance du *milieu*, quelle posture adopter ? Camper sur ses positions au risque de passer pour un rebelle au rabais, un ingrat, et risquer par la suite de se griller à jamais ? Renier ses convictions et arguer soudainement qu'un boycott n'est finalement qu'une simple question d'ego mal placé ? Qu'après tout, ça n'est qu'un jeu et qu'il faut savoir en profiter sans être totalement dupe ? Un compromis serait de faire comme Johnny Depp lors de la réception d'un César d'honneur en 1999, armé d'un petit magnétophone exprimant à sa place ses remerciements autant que ses réserves. Mais là non plus ce n'est pas sans risque : passer pour celui qui crache dans la soupe. C'est délicat. Il faut trouver le juste équilibre. Bref, voilà où j'en suis de mes questionnements. Je décide de ne pas y penser pour l'instant, chaque chose en son temps.

Yann vient de partir. Il est passé me voir une petite heure, il avait besoin de parler. Nous avons bu un verre de vin. Il vit mal sa période de divorce. Il alterne les phases d'exaltation à l'idée d'une nouvelle vie et celles d'insurmontable deuil. L'écoutant parler, je me surprends à culpabiliser : je suis, moi, sur une courbe ascendante quand lui est en pleine chute, nos sinusoïdes se croisent, comment être heureux quand les autres ne le sont pas – a fortiori ses amis ? Je me sens d'autant plus mal à l'aise que, j'ai du mal à l'avouer, je me suis servi de son histoire – de sa souffrance – pour nourrir le scénario. Les scènes où mes deux personnages se déchirent, je les ai alimentées de ses anecdotes, de ses plaintes, de nos soirées vodka. Il y a cette phrase que prononce Marianne à un moment du film : *Personne ne peut vivre en autarcie affective, aucune espèce dans la nature ne s'autosuffit, à ne rien donner on finit par ne plus rien recevoir*. Martine l'a dite mot pour mot, c'est Yann qui me l'a rapportée. À l'instant où il l'a fait, j'ai su que je l'intégrerais dans mon scénario.

Les auteurs sont des vampires – eux diront *témoins*, simple question de point de vue, selon de quel côté de la jugulaire on se trouve.

Mercredi 21 septembre

Il n'est point dessein de bourreau qui ne lui soit suggéré par le regard de sa victime. Pasolini. À caser dans la bouche de Marianne.

Ce matin, parenthèse qui peut sembler assez peu constructive : je me prends à consulter les signes astrologiques de Louis Garrel et de Mélanie Thierry pour évaluer leur compatibilité professionnelle –

Mitterrand lui-même, fin érudit s'il en est, ne convoquait-il pas régulièrement Élizabeth Teissier ? Après tout, s'ils n'ont jamais travaillé ensemble il y a peut-être une raison. Peut-être l'expérience a-t-elle déjà été tentée et s'est-elle soldée par un fiasco désastreux tant les deux avaient du mal à s'accorder. Mais j'en doute. Je penche plutôt, ça m'arrange, pour l'occasion qui ne s'est jamais présentée. Louis Garrel est né le 14 juin 1983, Gémeaux donc. Mélanie Thierry le 17 juillet 1981, Cancer. Le fait qu'ils n'aient que deux ans d'écart me semble être un point de départ prometteur. Même génération, mêmes références, c'est un détail qui a son importance. Ils ont baigné dans la même culture, ont peut-être dansé, bu leurs premiers verres de Get 27, fumé leurs premières cigarettes sur les mêmes tubes en soirée (*Barbie Girl*, Aqua, 1997).

Je tape *homme Gémeaux femme Cancer* dans le moteur de recherche et, à mon grand désarroi, je ne trouve pas grand-chose sur les relations de travail, du moins pas dans les premières pages. Tout tourne autour de la compatibilité amoureuse. Je me surprends dans un élan coupable à cliquer sur le premier lien qui m'est proposé à ce sujet, me laissant aller à un fantasme malsain : si par hasard mes deux protagonistes se prenaient à avoir une aventure, le tournage serait alors nimbé d'un parfum de scandale qui boosterait le film à n'en pas douter.

J'ai un peu honte d'écrire ces lignes. En réalité ce serait terrible, Laetitia Casta et le chanteur Raphael, leurs conjoints respectifs, en seraient mortifiés et m'en voudraient énormément, après tout ce serait un peu ma faute.

Le site m'apprend que *cette combinaison ne fait pas la force. Immatures, ces deux signes rencontreront quelques difficultés à s'aider mutuellement à devenir adulte. Ce couple ne doit pas assumer de responsabilités trop importantes, condition* sine qua non *à son équilibre. Ils pourront laisser s'exprimer leur enfant intérieur et jouir d'une certaine harmonie qui saurait être au rendez-vous si l'amitié ou un projet commun étaient en mesure de les porter.*

Pas de relation en vue donc. Ou si ébauche de relation il y a, elle fera long feu, chacun se rendant compte assez vite de la non-comptabilité évidente. Ça n'est peut-être pas un mal, une romance aurait pu tout aussi bien perturber le tournage, voire le faire capoter. C'est une histoire d'amour interne qui a provoqué la fin du groupe Téléphone, la bassiste Corine ayant eu une relation avec Louis Bertignac. (Ou Jean-Louis Aubert ? Ou les deux ? Successivement ? En même temps ? Je ne sais plus, je n'ai pas suivi l'affaire de près, mais le résultat est le même : explosion en vol.) Il est périlleux de mêler passion amoureuse et travail. Un film au parfum de scandale est certes mis sous les feux des projecteurs, mais en pâtit aussi, on ne regarde pas le film, on scrute le scandale, on ne voit pas le contenu, on se focalise sur le clinquant emballage – comme ces jeunes enfants qui à Noël jouent davantage avec le papier cadeau qu'avec le cadeau lui-même, au grand désespoir des parents. Avec *Eyes Wide Shut* (1999), Stanley Kubrick avait pris ce risque, faire incarner le couple par Tom Cruise et Nicole Kidman, plan marketing certes génial mais artistiquement risqué : les spectateurs réussiraient-ils à regarder le film au-delà de la relation people ? Non seulement il a réussi le tour de force de faire oublier la réalité de leur couple, mais s'en est servi pour sublimer son film. Bref, rien de tout ça avec un homme Gémeaux et une femme Cancer, et c'est beaucoup mieux ainsi, n'est pas Stanley Kubrick qui veut.

Jeudi 22 septembre

Mon cher Boris,

J'ai une très bonne nouvelle : nous sommes en contact avec des chaînes de télévision, dont une qui pèse sur le marché, pour une coproduction à venir, et autant vous dire que ça sent bon. Les quelques personnes à qui j'ai fait passer votre scénario sont très enthousiastes. Toutefois, je me dois de vous informer d'un détail. Mes interlocuteurs sont unanimes sur un point : le noir et blanc fait peur. Aux spectateurs, donc aux financiers. Les télés sont toujours frileuses à l'idée de s'engager dans un projet en noir et blanc. Surtout en cette période où le cinéma ne se porte pas au mieux. Il me semble donc pertinent, si l'on veut que des chaînes mettent des billes dans l'affaire, de leur présenter un film en couleurs. Autant mettre toutes les chances de notre côté. Décision qui de toute façon n'affectera en rien votre beau projet, car tout est déjà là dans votre écriture et votre poésie. Au contraire même, la couleur peut y apporter une profondeur insoupçonnée.

Bien à vous,

Jean

J'ai reçu ce mail il y a un quart d'heure et depuis je suis anéanti. Je ne fais rien. Rien d'autre que de rester assis à mon bureau, hagard, à relire ces lignes jusqu'à ne plus les voir, jusqu'à les savoir par cœur et les haïr par tripes.

Comment ça, ça n'affectera en rien mon projet ? Mais bien sûr que si, bien sûr qu'il sera affecté, mon projet ! Le noir et blanc c'est l'écrin ! La forme fait corps avec le fond, ils sont indissociablement, inextricablement, intimement liés ! Affirmer ça, c'est dire à Mick Jagger : tant que tu chantes bien, tu peux monter sur scène en jogging et charentaises.

Non, non et non ! Le fond ET la forme, les deux sont imbriqués et interdépendants. Le noir et blanc fait peur ? Les chaînes sont frileuses ? Allons bon. Et le succès de *La haine*, en ont-elles entendu parler, les chaînes frileuses ? Et *The Artist* ? Dois-je énumérer ici la liste des prix que ce film en *noir et blanc qui fait peur* a raflés ? Oscar, Golden Globes et j'en passe ? Et muet de surcroît ! Comment, en 2022, des chaînes de télévision peuvent-elles avoir peur du noir et blanc, à l'heure où les formats et les supports explosent ?

Je suis abasourdi. Tentant de canaliser ma colère, je décide de répondre à Jean Chabloz, avec diplomatie mais fermeté, avec les formes mais sans masquer ma déception. Viril mais correct, dit-on au rugby.

Cher Monsieur Chabloz,

Pour tout vous avouer, c'est avec une grande surprise et une certaine sidération que j'accueille votre mail... Car, pardon, mais je ne vois pas en quoi le noir et blanc pourrait être un obstacle au financement de notre projet à l'heure de l'explosion des formes et des supports. C'est s'enfermer alors que tout s'ouvre autour. Dans ce cas, allons-y, colorisons Citizen Kane, *colorisons* Les quatre cents coups, *colorisons* La règle du jeu*!*

Je pense sincèrement que Les servitudes silencieuses *est intimement lié au noir et blanc, c'est son ADN, le lui ôter reviendrait à lui ôter une partie de son âme.*

Je vous demande de reconsidérer votre proposition. Et si c'est à l'endroit du financement et seulement là que le bât blesse, peut-être pourrions-nous envisager de passer par des circuits de production alternatifs ? Je sais la fragilité de l'économie du cinéma en ce moment, je sais sa perte de vitesse face à la multiplication alarmante des plateformes (sans parler de la pandémie qui est passée par là), mais ne perdons pas de vue l'essentiel : ne pas sacrifier l'œuvre, car c'est elle le cœur, le sang et les artères, le principal maillon de la chaîne – noir et blanc ou pas.

Bien à vous,

Boris

Je ne l'envoie pas tout de suite. L'expérience m'a montré qu'il faut laisser reposer, ne jamais répondre à chaud. J'ai trop souvent regretté mes réactions épidermiques pour ne pas en tirer les leçons qui s'imposent. Dans ma vie sentimentale autant que professionnelle. Je décide de sortir fumer une cigarette pour laisser infuser mon mail. Moi qui voulais arrêter, la période n'est peut-être pas la plus propice. J'étais descendu à trois cigarettes par jour. J'avais même réussi à ne pas fumer hier tant l'excitation de la création balayait tout sur son passage.

La dopamine avait relégué la nicotine au rang de substance au rabais, la mettant K.-O. d'un direct du droit en moins de temps qu'il n'en faut pour le dire (Tyson-Frazier, 26 juillet 1986, 30 secondes de combat). Mais à la moindre occasion, à la moindre garde baissée, la nicotine se relève et vous poursuit les bras en avant (*La nuit des morts-vivants*, Romero, 1968).

Retour. J'ai marché une petite heure, fumé plusieurs cigarettes (cinq, ma moyenne est définitivement ruinée pour aujourd'hui). Cigarettes coupables mais qui m'ont fait un bien fou. La situation s'est quelque peu décantée. Peut-être me suis-je braqué un peu vite. J'ai pesé, soupesé, tourné en tous sens, reconsidéré la proposition de Jean Chabloz. Me posant cette question toute bête : en réalité, dans la liste de mes films cultes, combien sont en noir et blanc et combien sont en couleurs ? Le verdict est sans appel : la plupart de mes totems, que je le veuille ou non, sont bel et bien en couleurs. Et quelles couleurs ! Quand je pense à *Paris, Texas*, à *Mulholland Drive*, à *Il était une fois en Amérique*, à *Holy Motors* ! À quel moment le noir et blanc a-t-il forcément rimé avec qualité ? À quel moment a-t-il rimé avec film d'auteur ? A contrario, combien de films en noir et blanc ratés ? *Angel-A* de Luc Besson a-t-il été sauvé par le noir et blanc ?

Holy Motors, quelles couleurs quand j'y pense. Je me prends à rêver d'avoir sur mon film le même directeur de la photographie, ce serait incroyable ! Et pourquoi pas après tout ? Je me précipite sur Internet pour en savoir plus. Je découvre qu'ils sont deux : Caroline Champetier et Yves Cape (jamais entendu parler, mais pour tout dire, honte à moi, je ne saurais citer aucun nom de directeur de la photographie, les directeurs de la photographie sont au cinéma ce que les bassistes sont aux groupes de rock : indispensables et anonymes). Voilà un duo qui pourrait fournir un écrin idéal à mon histoire. Exit le noir et blanc, des couleurs vives qui viendront souligner en creux le désœuvrement de mes personnages. Après tout, le noir et blanc n'est-il pas redondant ici ? Ne vient-il pas surligner grossièrement une obscurité déjà amplement posée par le texte et le jeu des acteurs ? (Cf. les émoticônes d'Aurélie.) Caroline Champetier et Yves Cape. Je lis et relis leurs noms comme une éclatante promesse. Je vais même jusqu'à chercher des photos. Leurs visages respirent l'expérience et la maîtrise. Je pourrais peut-être essayer de les contacter ? Ou mieux, suggérer leurs noms à Jean Chabloz, il a plus de poids que moi, peut-être les connaît-il personnellement ? Je suis sûr que l'idée va l'emballer. J'efface mon mail précédent, en écris un nouveau.

Cher Monsieur Chabloz,

Je comprends ô combien vos réserves et les contingences qu'implique le financement d'un film, et je suis d'accord, mettons toutes les chances de notre côté ! Va pour la couleur. Non seulement cette nouvelle orientation n'influera pas sur la qualité de notre projet, mais elle peut lui apporter, vous avez raison, une profondeur inédite. L'important étant de trouver un directeur de la photographie qui saura comprendre l'ambiance et le propos du film. Deux noms m'apparaissent à brûle-pourpoint : Caroline Champetier et Yves Cape, que vous connaissez peut-être et qui ont œuvré, entre autres, sur le magnifique Holy Motors *de Leos Carax. Nul doute que ces deux-là feraient des merveilles. Bien entendu, je ne suis fermé à aucune proposition. Seul compte le projet, et tout doit être mis en œuvre pour le servir au mieux. Cette nouvelle option m'excite au plus haut point, je me remets à l'ouvrage de ce pas en intégrant ce nouveau paramètre comme un outil de plus que m'offre la providence.*

Bien à vous,

Boris

Vendredi 23 septembre

Rusty James (Francis Ford Coppola, 1983) est un film en noir et blanc, excepté à de rares moments où surgit la couleur : les poissons combattants. Eux seuls sont en couleurs. Ils sont au centre du film – d'ailleurs le titre original était *Rumble Fish*, bien plus poétique que ne l'est *Rusty James*. Ces poissons constituent une allégorie de la colère née de l'aliénation et de la privation de libertés. Motorcycle Boy (Mickey Rourke, magistral) montre des poissons combattants à son jeune frère, Rusty James (Matt Dillon, plus beau que jamais) et lui explique qu'ils ont la réputation de se battre entre eux jusqu'à la mort s'ils se retrouvent ensemble. Mais sa théorie est qu'ils se battent parce qu'ils sont enfermés. Dans la mer ils ne se battraient pas. Le film est en noir et blanc parce que Motorcycle Boy est daltonien, il ne voit pas les couleurs. Ou comment intégrer un élément de forme et le mêler au fond de manière tout à la fois virtuose et poétique. Voilà qui m'inspire : et si je faisais, moi, l'inverse ? Un film en couleurs (les magnifiques couleurs de Caroline Champetier et Yves Cape) en y intégrant un élément en noir et blanc ? Bien entendu, ce serait ouvertement un hommage, hors de question de voler un procédé sans qu'il s'agisse d'une citation explicite (quand bien même je le réutilise en négatif). Ariel ou Marianne pourrait faire une référence cachée au film au détour d'une conversation, et qu'importe si seulement cinq pour cent des spectateurs la relèvent. J'adore l'idée de semer de minuscules indices confidentiels qu'un nombre très restreint de spectateurs vont percevoir. Et moins ils sont nombreux à saisir la référence, plus ils se sentent concernés par l'œuvre, ce sentiment que le réalisateur leur parle à eux et à eux seuls. Se constitue entre ces quelques personnes une forme de communauté, un cercle privilégié, le cercle de *ceux qui ont vu*, unis par le lien indicible des sachants. *Vous avez vu* Les servitudes silencieuses*? — Ouiii, incroyable ce film! — Et la référence à* Rumble Fish*?* (ou peut-être diraient-ils seulement *Rumble Fish…* avec un sourire énigmatique et entendu) — *Ouii bien sûr, évidemment, tellement puissant!* Et tout à coup les autres autour se retrouvent déboussolés, éjectés du cercle, ils échangent des regards perdus, paniqués, hein quoi comment quelle référence? conscients d'être passés à côté de quelque chose de fascinant. Ma référence à *Rumble Fish* constituerait une sorte de sésame secret, de ceux qui accompagnent les films cultes.

Samedi 24 septembre

INT. SALON – JOUR

ARIEL

Pourquoi me fuis-tu ?

MARIANNE

Pour te protéger.

ARIEL

Si tu veux me protéger, alors ne me fuis pas.

MARIANNE

Nous sommes des poissons combattants, Ariel, nous ne sommes pas faits pour nager dans le même bocal, nous ne pouvons nous aimer que libres.

ARIEL

On n'est pas libre quand on aime, Marianne, aimer c'est être aliéné. Le bocal fait partie du lot.

MARIANNE

Tout dépend de la taille du bocal.

ARIEL

La mer aussi est un bocal.

MARIANNE
Alors allons à la mer.

(Trouvé hier soir en m'endormant l'élément qui pourrait être en noir et blanc, comme une évidence : Ariel posséderait un petit aquarium dans un coin de pièce qu'on apercevrait de temps à autre en arrière-plan et dont l'unique occupant, un banal poisson rouge, serait passé au gris. Un gris dont on verrait qu'il n'est pas sa couleur naturelle, un gris artificiel de pellicule, voulu, réfléchi, aux grain et contrastes poussés à l'extrême. Un spectateur sur mille relèverait ce gris. Parmi ceux qui le verraient, un sur dix mille ferait le lien avec *Rumble Fish*. Heureux ce spectateur. À lui le ticket gagnant, à lui le bonheur infini.)

J'ai pris un café gourmand, pas tant par envie que par défi ludique. Elle était surexcitée *de revoir enfin la lumière du jour*, plongée depuis quelques jours dans des corrections de devoirs dont le sujet était *La connaissance du contexte culturel, idéologique, social, est-elle nécessaire à la compréhension des œuvres cinématographiques ?* Elle m'a cité des perles de copies en riant comme une petite fille (un élève qui, sur tout un sujet, écrit Eisenhower au lieu d'Eisenstein et analyse son travail au cœur du régime soviétique), puis s'est reprise *Bon je ne devrais pas rire, s'ils n'ont rien compris, j'y suis peut-être un peu pour quelque chose...* Nous avons encore parlé de mon scénario, elle veut toujours plus d'informations, de détails, de références, plus que je n'en sais moi-même, comme si elle devançait ma pensée et me tirait vers l'avant. Nos discussions sont chaque fois très stimulantes.

D'un air mutin, elle a placé au passage *D'ailleurs si tu veux que je corrige ta copie, je suis ton homme.* Je lui ai dit que je préférais être sûr de mon texte avant de lui faire lire quoi que ce soit. *Surtout quand je vois comment tu parles des copies de tes élèves.* Elle a éclaté de rire. *Tant que tu ne cases pas un Eisenhower soviétique, ça passe, tu auras la moyenne.*

Je ne lui ai pas parlé du passage du noir et blanc à la couleur dans mon projet. Pourquoi ne l'ai-je pas fait ? C'est une question qui peut sembler anodine et je pourrais me mentir en évacuant le non-sujet d'un geste de la main. Mais la véritable raison, je crois, est que *je n'ose pas*. Je n'ose pas lui dire que j'ai cédé du terrain sur ce point-là. Même si, pour moi, nulle question ici de compromis, je préfère parler de nouvelle proposition. Mais elle pourrait l'interpréter comme une forme de capitulation, et je ne sais comment elle réagirait. Je me rends compte que j'attache beaucoup d'importance à son regard sur mon travail, plus que je ne le croyais, alors que nous nous connaissons depuis quelques jours à peine. J'en suis le premier surpris.

Je le lui dirai, je l'informerai du changement dès que l'occasion se présentera. On n'est pas non plus sur un grand bouleversement, je me pose des questions qui n'ont pas lieu d'être.

Dimanche 25 septembre

Je suis en train de travailler sur le passage chorégraphié, autre clin d'œil explicite à l'un de mes films cultes (tiens, encore un film en couleurs, et là encore, quelles couleurs !) : *Simple Men* (Hal Hartley, 1992) et plus précisément ce passage où les personnages se lancent tout à coup dans une chorégraphie improbable sur *Kool Thing* de Sonic Youth. Je me souviens encore de ma sidération en découvrant cette scène surgie de nulle part *Quoi ? On a le droit de faire ça ?* Dès lors, je me suis toujours dit que j'intégrerais une chorégraphie si un jour je faisais un film.

Louis et Mélanie sont-ils à l'aise avec leur corps ? Aiment-ils danser ? Il est de notoriété publique que Romain Duris adore ça, il le répète assez souvent, mais Louis ? Pourquoi est-ce que j'évoque Romain Duris ? Tous deux ont partagé l'affiche de *Dans Paris*, de Christophe Honoré, mon subconscient a dû faire le lien. Christophe Honoré ! Je l'avais oublié aussi, voilà un réalisateur qui collerait à merveille ! Voilà quelqu'un qui saurait sublimer mes mots, les emporterait loin. Et il a l'avantage d'avoir déjà fait tourner Louis à plusieurs reprises. Quant à Mélanie, j'ai déjà entendu Raphael, son compagnon, dire dans des interviews qu'elle rechignait à chanter avec lui sur ses disques et qu'il devait toujours la pousser un peu, mais la danse c'est autre chose, peut-être adore-t-elle ça ? Quand bien même ce ne seraient pas de grands danseurs, qu'importe. Au contraire même, quoi de plus touchant que des danseurs un peu maladroits ? Ils font chavirer les cœurs tendres. Et si j'avais voulu faire un film avec Gene Kelly, ça se saurait.

(Voilà qui ferait un titre merveilleux, *Les danseurs maladroits font chavirer les cœurs tendres*, avec Louis Garrel et Mélanie Thierry. Je le note dans la liste des titres, même si je suis plus que jamais attaché à celui qui m'habite depuis la genèse de cette aventure, il vaut mieux rester sur sa première idée. On revient toujours à son premier amour.)

Christophe Honoré s'est à plusieurs reprises frotté au genre de la comédie musicale, lui saurait régler cette scène en orfèvre. Du gâteau. Je l'ajoute à ma liste, tout en haut. Il serait ravi de retrouver Louis Garrel.

Et si je contactais moi-même Christophe Honoré ? Cette idée m'obsède depuis ce matin. Concrètement, comment s'y prendre ? Mon premier réflexe est le bon : Facebook. Christophe Honoré a un compte Facebook. Et je découvre, stupéfait, que nous avons 71 amis en commun ! 71 ! J'y vois un signe, nos chemins étaient faits pour se croiser un jour ou l'autre. Quelle époque formidable. Adolescent, j'ai écrit à Michael J. Fox (plus précisément au comité gérant le fan-club de Michael J. Fox puisqu'il s'agissait d'une adresse française) pour lui déclarer ma flamme. Six mois plus tard, je recevais une lettre type, un badge et une carte de membre du fan-club. Aujourd'hui, en un clic je peux écrire à Christophe Honoré *himself*.

La théorie selon laquelle nous sommes tous à moins de trois (cinq ? j'ai un doute) poignées de main les uns des autres me fascine. D'autant que, grâce à Jean Chabloz, je réduis significativement la chaîne. Je ne suis probablement qu'à une seule poignée de main de la plupart des gens du cinéma français. Et donc de Christophe Honoré. C'est vertigineux.

Cher Christophe,

Excusez-moi de passer par ce canal pour vous contacter, cela peut vous sembler quelque peu cavalier, mais je n'en avais pas d'autres dans l'immédiat. Je suis scénariste, je travaille avec le producteur Jean Chabloz, que vous connaissez probablement, nous développons actuellement un projet écrit tout spécialement pour Louis Garrel, et j'aurais aimé vous en toucher un mot.

Bien à vous,

Boris

Voilà. Parfait. Assez bref pour ne pas l'asphyxier, assez mystérieux pour titiller sa curiosité. Je lui donnerai d'autres infos s'il me répond. Ce mode de communication n'appelle pas un échange plus développé. Je n'ai plus qu'à attendre.

Lundi 26 septembre

INT. SALLE D'ATTENTE – JOUR

MARIANNE

Naviguer à vue commence à m'épuiser, je crois que j'ai plus l'âge...

ARIEL

Parce que tu connais une autre méthode pour avancer, toi ?

MARIANNE

Ben je sais pas, s'arrêter un instant, regarder au loin, envisager, anticiper, se projeter... Voilà, se projeter, prendre le temps de se projeter, tu comprends ?

ARIEL

Se projeter du haut de quoi ?

MARIANNE

Juste se projeter en avant.

ARIEL

Pour éviter les rochers ?

MARIANNE

Tu me gonfles, Ariel, à un moment on ne peut plus tout voir en termes de falaises, d'obstacles, de fossés, de murs qui se dressent, putain, tu t'es jamais dit que le parcours pouvait être plus simple ?

ARIEL

Jamais.

Je suis pris d'un doute : en envoyant mon message à Christophe Honoré, n'aurais-je pas court-circuité Jean Chabloz ? J'ai obéi à une impulsion immature, une impatience d'enfant qui trépigne parce que rien ne va assez vite. Je regrette mon geste, j'ai peur d'avoir grillé une piste que Jean Chabloz envisageait par d'autres canaux. La probabilité peut sembler mince mais la piste Christophe Honoré m'apparaît de plus en plus évidente, je ne serais pas étonné que Chabloz et moi ayons eu la même idée. Si en revanche il advenait que de mon côté j'aie une réponse positive, si je lui apportais le réalisateur sur un plateau d'argent, il ne m'en serait que plus reconnaissant. Certes il possède un réseau qui ne nécessite aucune intervention de ma part (qui plus est une intervention par Facebook) et mon geste, en plus d'être indélicat, est sûrement dérisoire, mais disons que je suis le colibri ayant fait sa part du travail (Pierre Rabhi, 1938-2021).

Ma façon de mentionner Louis Garrel comme un appât au bout de l'hameçon a, il faut l'admettre, quelque chose de vaguement putassier. Mais comment capter son attention autrement ? Je me fais l'effet d'une de ces affiches pour un concert de village arborant *Céline Dion* en beaucoup plus gros que *Sosie physique et vocal de.* (J'imagine un instant une affiche arborant *LES SERVITUDES SILENCIEUSES AVEC les sosies physiques et vocaux de LOUIS GARREL ET MÉLANIE THIERRY.*) Mélanie Thierry dont j'ai soigneusement omis de parler à Christophe Honoré, hors de question que ma trouvaille de duo circule, voguant au gré des fibres optiques et des métavers, les cas de plagiat dans le cinéma sont assez fréquents pour ne pas les provoquer.

Une bière une de ces fins d'aprèm pour changer du café gourmand ? Rien ne nous empêche de prendre une bière gourmande cela dit. Émoticône clin d'œil. *Jeudi ?*

Ma théorie du sous-texte non souligné est définitivement morte et enterrée. Je relève au passage la dimension ambiguë que peut revêtir l'expression *une bière gourmande* (suivie du clin d'œil). Mais j'ai l'esprit tordu. Il n'y a là évidemment aucun sous-entendu sexuel, elle se contente de rebondir sur *café gourmand*. C'est la différence entre ceux qui écrivent un texto en cinq secondes et ceux qui l'écrivent en dix minutes : l'évaluation permanente du double sens. Je ne suis définitivement pas de mon temps où tout est droit, carré, blanc, noir, lisible, simple. À force de vouloir lire entre les lignes, on en devient prisonnier.

Va pour la bière gourmande jeudi ! Émoticône clin d'œil.

Elle répond par un autre clin d'œil. Allons bon ! Quel est le code en vigueur en pareille circonstance ? Dois-je moi aussi répondre par une autre émoticône afin de retomber sur un cycle pair et boucler la boucle ? Mais est-ce que je ne prends pas le risque de relancer une autre salve d'émoticônes, étant tacitement admis que c'est à elle de conclure ? Je décide de ne rien répondre. Sachant pertinemment que mon silence va mobiliser une bonne partie de mon inconscient durant quelques heures.

Mardi 27 septembre

Ariel doit subir l'attraction de sa propre étanchéité – cf. Belmondo scène À bout de souffle. Je relis cette phrase que j'ai notée cette nuit dans un demi-sommeil.

Plutôt : j'ai été réveillé par cette idée, elle était l'aboutissement, le déclic providentiel et lumineux, je me revois la noter sur un morceau de papier, sur ma table de chevet, somnolent. Ce matin, impossible de comprendre ce que j'ai voulu dire par là. Je suis à la fois frustré et intrigué, je relis mes mots plusieurs fois de suite sans parvenir à remonter le fil de ma pensée. Qu'est-ce que j'ai pu entendre par *sa propre étanchéité* ? Une fois ce mystère résolu, comment peut-elle susciter une forme d'attraction chez Ariel ? Mais peut-être, une fois retrouvé le sens de *sa propre étanchéité*, le reste en découlera-t-il comme une évidence, l'*attraction* se révélera-t-elle consubstantielle à la *propre étanchéité*. Et à quelle scène d'*À bout de souffle* exactement ai-je fait référence ? Là non plus, nul besoin ne m'est apparu de le préciser tant le lien coulait de source. Mais quelques heures après, tout à fait éveillé et après plusieurs cafés, impossible même de visualiser cette fameuse scène qui semblait avoir brillé en pleine nuit avec l'éclat d'une apparition divine. Après tout, peut-être la chose à retenir de cette illumination nocturne est-elle : je dois avoir *À bout de souffle* en ligne de mire. Voilà une idée qui n'est pas d'une folle originalité – quel film d'auteur n'a pas *À bout de souffle* en ligne de mire, consciemment ou pas ? Qu'importe, accueillons pour l'instant cette révélation comme un cadeau à ouvrir ultérieurement, au gré d'une fulgurance, peut-être ma référence me reviendra-t-elle en travaillant, par association d'idées.

Pas de réponse de Christophe Honoré, il n'a pas encore lu mon message. Il doit être en tournage. Rien ne presse, le temps joue pour moi, chaque jour qui passe permet à mon scénario de ressembler un peu plus à ce qu'il doit être.

L'écriture du scénario est la partie la plus difficile [...] *la moins comprise et la moins remarquée.* Frank Capra

Yann passe me voir dans l'après-midi, il a un service à me demander. Il s'inquiète pour son fils, Jules. *Il s'est essayé à pas mal de trucs ces dernières années, il se cherche, il a une âme d'artiste, tu sais... Là, depuis quelque temps, il a intégré une formation de graphiste-maquettiste, ça a l'air de lui plaire, pour une fois que je le sens un peu motivé par quelque chose... Et alors je me demandais* – à ce stade, je ne vois encore rien venir. *Bon, j'imagine bien que les boîtes de prod ont déjà chacune leurs designers attitrés, mais qui sait, je me demandais si tu pouvais leur glisser une proposition d'affiche de Jules pour le film que tu es en train d'écrire, comme ça, l'air de rien, ça mange pas de pain, et ça lui donne une bonne longueur d'avance sur les autres graphistes qui ne sont pas encore au courant du projet. Ça lui mettrait le pied à l'étrier, mais je ne veux pas non plus te mettre dans une mauvaise posture...*

Je suis cueilli par sa demande, je ne m'attendais pas à ça. J'aime beaucoup Jules, voilà quelque temps que je ne l'ai pas croisé, surtout depuis la séparation de ses parents, et puis il a vingt-deux ans, il fait sa vie. Ça a toujours été un gamin adorable, un peu lunaire mais d'une extrême gentillesse, j'ai envie de l'aider. J'accepte sans la moindre hésitation. Comme il dit, ça ne mange pas de pain, je peux très bien servir d'intermédiaire. Et c'est une façon de partager mon bonheur avec Yann par filiation interposée. Yann me prend dans ses bras, véritablement ému, presque de manière excessive, tout sentiment est disproportionné dès lors qu'il s'agit de Jules.

Mercredi 28 septembre

Cher Boris,

C'est pour vous annoncer une nouvelle tout à fait réjouissante que je vous écris : un producteur d'une grande chaîne de télé, M6 pour ne pas la citer, a été enthousiasmé par votre scénario et aimerait beaucoup vous rencontrer. Nous allons organiser un déjeuner dans les prochains jours, ma collaboratrice va revenir vers vous pour connaître vos disponibilités. Pour ma part, je n'ai qu'une chose à dire : ça sent très bon ! Avec un partenaire pareil, autant dire que l'affaire est dans le sac. J'ai toujours su que votre histoire emporterait tout le monde. Croyez-moi : on va faire un beau film.

Bien à vous,

Jean

Explosion de joie en découvrant ce mail. Je le relis plusieurs fois pour vérifier qu'aucune information ne m'a échappé. Des mois de travail qui trouvent enfin leur justification dans ces quelques mots. Et si chaque étape m'est un baume, celle-ci est hautement symbolique. C'est une porte sur le concret. On entre dans le dur.

Depuis que j'ai reçu le mail, je trépigne dans mon salon, faisant de grands gestes disloqués, enchaînant des chorégraphies improbables que je n'interromps que pour regarder mon reflet dans le miroir avec un air de dément et soudain éclater de rire. J'ai allumé une cigarette pour fêter ça – au diable les quotas – motivé par un argument médicalement discutable : les cigarettes festives, contrairement aux cigarettes béquilles, sont inoffensives. J'en savoure chaque bouffée, rêvant à ma progéniture cinématographique dont peu à peu les contours se dessinent.

Jeudi 29 septembre

Je n'ai pas pu m'empêcher de parler du message à Aurélie. Elle a lancé un cri de joie qui a traversé la terrasse et nous avons levé nos verres de bière – gourmande – à cette nouvelle avancée. Depuis le début je suis touché par son implication dans le projet, technique comme affective : elle est *sincèrement* heureuse du mail que j'ai reçu. J'ai l'impression de lui livrer les épisodes d'un feuilleton qu'elle attend avec impatience. J'adore lui en parler, pas tant pour la rassasier elle que pour me nourrir de l'énergie qu'elle me renvoie. Son enthousiasme est communicatif. Chaque élément que je lui apporte donne lieu à mille questions, citations, références, points techniques très précis sur l'écriture, dans un flot hoquetant de petite fille. Parler de mon scénario avec elle alimente le scénario lui-même dans une sorte d'échange symbiotique.

Il n'est peut-être pas inutile à ce stade d'interroger la nature de notre relation et, à vrai dire, je ne sais qu'en penser. Elle a quelque chose de désuet qui n'est pas pour me déplaire. N'importe qui, à notre époque, serait déjà passé à la vitesse supérieure. J'ai l'impression que nous sommes des personnages d'un film de Rohmer, asexués et verbeux. C'est tout aussi ridicule que charmant. Au point que le tutoiement entre nous ferait presque figure d'anomalie.

Après tout, ne passons-nous pas notre temps à nous plaindre que tout va trop vite et qu'il faudrait ralentir ? Aurélie et moi sommes l'incarnation même de ce ralentissement. Nous sommes la décroissance.

Je pense pourtant que nous nous plaisons. Plutôt : je pense que je lui plais – je suis sûr, moi, qu'elle me plaît beaucoup. Et l'écrire noir sur blanc me plonge dans une immaturité moelleuse, l'impression d'être une collégienne ayant fermé la porte de sa chambre à double tour pour écrire dans son journal intime des mots avec des ronds sur les *i*.

Vendredi 30 septembre

Je suis rongé par le trac. Le moindre faux pas peut nous précipiter, Chabloz, le projet et moi, au fond du précipice. Voilà trois fois que je change de sweat, comme si ça allait faire la différence – comme si mes sweats n'étaient pas rigoureusement identiques. La pénible sensation de me rendre à un entretien d'embauche. Est-ce le cas ? Non. Le travail est fait. Il a eu le scénario entre les mains, l'a lu, l'a aimé. Je dois me calmer. Le plus dur est passé, je vais simplement assurer le service après-vente – j'ai d'abord écrit *le service après-ventre*, le lapsus me semble évident tant j'ai l'estomac tordu par l'angoisse. Reste cette croyance tenace que je suis capable de tout faire capoter par ma seule présence. Je suis le pire ambassadeur de mon travail.

Je me fixe dans le miroir du salon. Adopte un air désespéré, me regarde adopter un air désespéré. Enfant, j'avais ce jeu : je me postais devant le miroir et essayais de pleurer en me forçant à penser à des événements tristes de ma vie. La mort de Charlot, mon chat, fonctionnait assez bien – tiens, Charlot, déjà le cinéma. Plus mon expression était triste, plus elle m'attristait, ce circuit fermé parvenait aisément à me tirer des larmes. Je me reprends et tente d'imprimer à mon visage l'expression de la confiance en soi – que j'interprète comme telle – répétant des phrases ineptes comme *Tu vas les bouffer tout cru* ou *Tu culmines, mec, tu culmines*. Peu à peu mon expression se transforme en une sorte de De Niro dans *Taxi Driver* (Martin Scorsese, 1976), c'est totalement hors de propos mais, contre toute attente, ça fonctionne. De Niro est prêt à aller bouffer tout cru je ne sais encore trop qui ni quoi.

Je
suis
dévasté
anéanti
assassiné
gisant
sur le sol.

Je ne sais par quel bout attaquer le compte-rendu de ce déjeuner.

Essayons.

Je suis arrivé un peu en avance. Jean Chabloz et l'homme étaient déjà attablés, ils avaient dû se donner rendez-vous plus tôt. Chabloz me l'a présenté comme le directeur des développements, si j'ai bien compris. J'étais trop intimidé à ce moment-là pour être tout à fait réceptif, il s'agissait d'un titre suffisamment abstrait pour que chaque syllabe transpire la position de décisionnaire. (De cette entrée en matière je n'ai retenu que *Appelez-moi Henri* – phrase qui a aussitôt imprimé en moi la mélodie de Balavoine *J'me présente, je m'appelle Henri.*) Le type était chaleureux, il m'a assez vite mis à l'aise, peut-être parce qu'il était plus jeune que moi, ce qui me conférait une sorte d'ascendant, le seul à vrai dire, et cette pensée m'a traversé : les puissants sont de plus en plus jeunes.

Nous avons pris tous les trois des rognons sauce madère. Je m'apprêtais à choisir le saumon, mais il m'a semblé, alors qu'ils venaient tous deux d'opter pour des rognons sauce madère, que mon saumon aurait constitué une marque de dissidence, un pas de côté traduisant la méfiance et le retrait, une façon de dire *Nous n'avons rien conclu, j'attends de voir ce que vous avez à me proposer, ne criez pas victoire trop vite, vous devez savoir que je suis un esprit indépendant.* Je voulais faire montre d'esprit de groupe, mettre en exergue d'emblée une certaine cohésion d'affinités : ça alors, nous adorons tous trois les rognons sauce madère, si ça n'est pas un signe ! Bien que je n'aime pas les abats. Mais je n'étais pas là pour aimer, j'étais là pour me faire aimer.

Très vite Henri entre dans le vif du sujet : mon scénario est génial, le dispositif, la déconstruction temporelle, la poésie, l'amour, la mélancolie, la vie quoi, *Votre film, c'est la vie, la vie en une heure et demie, en cent vingt-huit feuillets, bravo. Bien sûr la mise en scène devra être à la hauteur, mais tout est déjà là, pour qui a saisi l'approche il suffit de se laisser porter.* Je bois du petit-lait. C'est alors qu'il entre dans les détails, il avance en entonnoir, en spirale centripète. Il adore le casting, Mélanie Thierry est une actrice formidable, il l'a beaucoup aimée dans *La princesse de Montpensier*. Idem pour Louis Garrel, c'est probablement l'acteur le plus doué de sa génération. Doué et beau comme un Dieu, *y a pas à dire, y en a qui ont tiré le gros lot dans la vie*, ils éclatent de rire, moi aussi (voir les rognons sauce madère). *Bon, après, le truc c'est qu'il est quand même connoté.* Connoté. Là, pour la première fois, je sens un embryon de réserve. Sans pour autant m'affoler. Il poursuit. *Louis Garrel, dans l'esprit du grand public, c'est tout de suite film français lent et ennuyeux, le type qui regarde la tour Eiffel de son balcon haussmannien en fumant une cigarette pendant dix minutes avec une voix off qui cite du*

Heidegger. Attention, ça n'est pas ce que je pense moi, hein, moi je suis fan, mais dans l'inconscient collectif, dans l'inconscient «populaire» (là il mime les guillemets, comme s'il s'excusait de dire une grossièreté), *Garrel, c'est l'acteur intello chiant. Je crois qu'un tel projet gagne à être élargi. Il faut le rendre visible, ce serait un gâchis qu'il passe à la trappe, vous connaissez comme moi la fragilité de l'économie du cinéma en ce moment. Je refuse que ce projet soit sacrifié sur l'autel de la crise conjoncturelle, il doit se répandre comme une traînée de poudre, il doit être viral, je mise beaucoup sur ce film.* À ce stade je ne vois pas où il veut en venir, si ce n'est que je perçois de plus en plus son positif comme du négatif costumé. *Vous savez, voilà quelques années que je suis dans le circuit, et j'ai lié deux, trois amitiés. Je pense à quelqu'un qui serait emballé par ce rôle, et pas n'importe qui.* Emballé par ce rôle ? Je ne comprends pas. Plutôt, j'ai peur de comprendre. Il laisse un temps suspendu, comme s'il allait m'offrir un cadeau de Noël, en même temps qu'un large sourire, ses dents incroyablement blanches. (Je me souviens qu'à cet instant précis j'ai pensé à mon père qui répétait toujours *Ne jamais faire confiance à un homme aux dents trop blanches.* J'ai toujours trouvé cette phrase absurde. Jusqu'à aujourd'hui.) Puis il lâche en me regardant dans les yeux : *Kad Merad.*

L'univers se dérobe sous mes pieds. Je suis perdu, je ne comprends pas, pourquoi me parle-t-il de Kad

Merad ? Qu'est-ce que Kad Merad vient faire dans la discussion ? Je cherche l'appui de Jean Chabloz, il va prendre la parole, me venir en aide, nous allons faire bloc, nous allons le convaincre que c'est une mauvaise idée, Chabloz est un négociateur chevronné, il va lui démontrer par le détail l'absurdité de sa proposition, lui expliquer pourquoi le rôle ne peut échoir qu'à Louis Garrel, il va faire ça de manière diplomate et terrienne, sans condescendance. Je le regarde, mes yeux l'appellent au secours. Il déclare dans un hochement de tête rêveur *Kad Merad, ce serait génial.*

J'ai un souvenir du reste du déjeuner assez éthéré, je me rappelle seulement qu'Henri a enfoncé le clou et continué à argumenter sur la formidable opportunité que ce serait d'avoir Kad Merad dans ce rôle, la chance pour un auteur comme moi d'être au volant d'une Rolls-Royce pareille (quelques phrases plus tard, il emploiera la même métaphore, mais en disant *Ferrari*, il ne semble pas encore bien fixé sur la marque). Je me suis contenté durant tout le reste du repas de faire bonne figure, me disant qu'on en rediscuterait à tête reposée avec Chabloz, me braquer ici n'apporterait rien et risquerait de vexer mon interlocuteur et de desservir le projet, voire de le faire capoter définitivement. Inutile de nager à contre-courant (à ce propos, si j'avais su la tournure que prendrait ce repas, j'aurais choisi le saumon).

À peine nous sommes-nous séparés devant le restaurant dans des poignées de main chaleureuses et pleines de promesses d'avenir que Chabloz m'a téléphoné du taxi pour me dire que c'était formidable, Kad Merad, je m'en rendais compte ? Je ne devais pas laisser passer une chance pareille. Pour une bonne nouvelle, c'était une bonne nouvelle. Il était pressé, devait passer des coups de fil, il ne pouvait pas trop parler mais on se rappelait très vite. Concluant par *On a tous à y gagner, laissez mûrir l'idée.*

Alors alors alors ?

Le décalage entre mon état délabré et le ton badin du message d'Aurélie a la largeur de douze fuseaux horaires. Alors alors alors tout s'effondre, les fondations, les murs porteurs et le reste. Alors alors alors une longue marche en plein désert et l'oasis est un mirage. Alors alors alors un couteau sauce madère dans le dos.

Je lui réponds *Magnifique, je te raconterai*, suivi d'une émoticône heureuse (en tout cas très souriante, quant à savoir si elle est heureuse, elle peut très bien sourire par politesse ou par désespoir, mais bref). Je reçois dans la foulée *Hâte,* suivi de trois émoticônes avec des étoiles à la place des yeux. Pourquoi ai-je menti ? La réponse à ma question m'inquiète moi-même : j'ai peur qu'elle ne m'admire plus. Voilà de quoi il s'agit. Pour une fois que quelqu'un m'admire, je ne vais pas tout gâcher pour une bête histoire de véracité. Pourquoi ai-je peur de la décevoir ? (Je remonte le fil de mes idées comme ce saumon qui décidément m'obsède.) Pour ne pas la perdre ? Y serais-je déjà à ce point attaché ? Serait-elle réellement déçue si je lui apprenais que c'est (PEUT-ÊTRE, j'y tiens, rien n'est joué, loin de là) Kad Merad qui va jouer le rôle d'Ariel ? Après tout, c'est mon scénario qu'elle adore. C'est Ariel qu'elle aime. Or, si Kad Merad est Ariel, ça ne change rien sur le fond. CQFD. Lui préciser qui incarnera Ariel est un détail qui ne modifiera en rien son enthousiasme, il n'est donc pas utile de le faire. Et je mesure toute la mauvaise foi de mon raisonnement, le validant malgré tout.

Kad Merad est Ariel. Je relis ces mots. Non, je ne m'y fais pas. Pas après des mois d'écriture avec Louis Garrel sous ma plume, sur la chaise à côté, dans mon lit, sous ma peau – si je puis dire. Je ne baisse pas les bras. Je vais remonter sur le ring, je ne lâche rien, je suis un poisson combattant, partageant mon bocal avec Jean Chabloz et Henri-sauce-madère, nous sommes gris, nous sommes fiers et nous irons jusqu'au bout.

Samedi 1er octobre

On a tous à y gagner, laissez mûrir l'idée.

Le coup de fil de Chabloz dans le taxi tourne en boucle dans ma tête depuis hier. Je fume cigarette sur cigarette (moyenne explosée). J'ai mis un temps infini à m'endormir, je n'y suis parvenu qu'après une bonne dose d'Atarax, vieux reste de mes anciennes crises d'urticaire. La date de péremption était dépassée de trois mois mais j'étais pris dans un élan d'autodestruction – autodestruction au rabais. (*Séisme dans le monde du septième art : après un échec, un scénariste boit une cuillerée à soupe d'Atarax périmé depuis trois mois.*)

(À ce propos je suis étonné de n'avoir pas été pris d'une crise d'urticaire au restaurant. Le corps s'habitue à tout. Même à un directeur des développements.)

Je traîne sur Internet, visualisant des photos de Kad Merad, épluchant sa fiche Wikipédia. Je trouve son parcours assez admirable. Je ne nie pas que c'est un grand acteur, capable de jouer le drame comme la comédie, la critique dithyrambique de *Baron noir* (que je n'ai pas vu) semble l'attester, Kad Merad y semble magistral, je n'ai rien à y redire, c'est un excellent acteur, à n'en pas douter. Et je suis plutôt partisan de la théorie selon laquelle faire rire est la chose la plus difficile qui soit, un acteur qui peut jouer la comédie peut jouer tous les registres. On est d'accord. Il n'est juste pas le personnage d'Ariel, c'est tout. Rien que ça.

Voilà ce que j'écris en substance à Chabloz, d'une écriture sereine, dénuée de toute colère ou de tout ressentiment, d'une neutralité pédagogique, un constat, une démonstration, presque une notice de meuble suédois. Il est hors de question que je transige sur le choix de mon acteur principal. Il y va de mon scénario. Comme il y va de ma crédibilité : un auteur qui abdiquerait à la première proposition ne donnerait pas une image très assurée de son projet, ni de son travail de manière générale. Je n'ai rien contre Kad Merad, grand acteur au demeurant, mais pas dans *Les servitudes silencieuses*, c'est non.

Il n'a pas tardé à répondre, je m'étonne d'ailleurs qu'il n'ait pas choisi de m'appeler, je le soupçonne de ne pas vouloir trahir à l'oral son agacement.

Mon cher Boris,

J'entends vos arguments et je sais le deuil que constitue un changement de casting, je suis confronté à ça tous les jours. Mais chaque fois, le processus est le même : déception-réflexion-nouvel élan, et l'auteur ou le réalisateur finissent toujours par se réjouir de ce changement, croyez-en mon expérience.

Un scénario est une matière vivante, une masse mouvante qui évolue en permanence, tel acteur lui fera prendre telle inflexion, tel autre telle couleur inattendue, il faut se nourrir des changements et les accompagner, s'en servir et les servir, rester à l'écoute des moindres variations, rien n'est pire qu'un script figé. Il ne faut jamais oublier qu'ils sont écrits pour des acteurs, un scénario n'est pas un roman, le texte n'est pas une fin en soi : ce sont les acteurs qui lui donnent vie. Je crois beaucoup en Les servitudes silencieuses *avec Kad, beaucoup, je vous assure. Si je trouvais que ça n'est pas une bonne idée, nous ne donnerions pas suite à la proposition, nous irions voir ailleurs. Mais ce choix va apporter à l'histoire une nuance inédite, une palette plus contrastée. Nous avons tous à y gagner, vous, moi, le projet. Encore une fois : laissez mûrir l'idée. On va faire un beau film.*

Bien à vous,

Jean

Et l'impression de me faire planter un deuxième couteau dans le dos en lisant son message. La deuxième lame du rasoir. La première vous rafraîchit le cou, la seconde vous décapite. J'allume une cigarette, la je ne sais plus combientième, j'ai arrêté de compter depuis hier. La cigarette du condamné renouvelée sans cesse.

Je lui ai tout raconté. Le rendez-vous, le restaurant, le directeur des développements. Je lui ai tout raconté comme un scénariste : j'ai inventé. Pas tout. Je lui ai dit que le type a adoré mon scénario (ce qui est vrai) et qu'il a trouvé mon choix de casting idéal (ce qui est faux). Elle a laissé éclater sa joie et a déclaré que cette grande nouvelle méritait un petit verre de blanc. Et je me suis vu trinquer à la réussite de mon projet, aux *Servitudes silencieuses*, à Mélanie Thierry, à Louis Garrel, je me suis vu trinquer à ce qui aurait dû être et jamais vin blanc n'a été aussi âpre en bouche, millésime du dos courbé, cuvée du rêve bradé.

J'étais pourtant parti pour tout lui dire mais, je ne sais pas, je crois qu'à cet instant précis j'ai eu besoin de son enthousiasme, de ses yeux qui s'éclairent comme ceux d'un enfant, siphonner chez elle le carburant dont je manque. *On n'est jamais tout à fait mort tant qu'il subsiste une personne qui pense à vous* : tant que Louis Garrel fait partie de l'aventure dans l'esprit d'Aurélie, mon projet existe encore. Il faudra bien que je lui dise la vérité dans les jours à venir, je ne peux décemment pas le lui cacher très longtemps. Mais pas aujourd'hui. Pas encore, c'est trop frais, j'ai besoin que mon rêve survive encore quelque part. Je rentre de notre rendez-vous un peu plus léger. Elle a même réussi à me faire rire et à me faire oublier mes tourments le temps de notre rendez-vous. Les gens stockent leurs données dans des *clouds* situés dans de gigantesques installations au milieu de l'océan Pacifique, Aurélie est mon *cloud* à moi – je ne sais pas si elle apprécierait cette image, on a connu plus romantique. Mes illusions noyées au fin fond de l'océan Pacifique, on ne pourrait trouver plus juste.

Reste que j'ai encore bon espoir de faire plier mes deux détracteurs, je ne compte pas me laisser faire.

Dimanche 2 octobre

Je suis abattu. Je ne sais plus où j'en suis. Tout m'apparaît soudain lointain et inutile. Une feuille est posée à côté de mon ordinateur, noircie de *Je n'ai plus d'horizon*. Phrase répétée vingt, trente, peut-être cinquante fois, en tous sens. À la manière du *All work and no play makes Jack a dull boy* de Jack Torrance dans *Shining* (Stanley Kubrick, 1980). Je ne me suis même pas aperçu que j'avais rempli la feuille. Je n'ai plus d'horizon. Ça me semble assez bien résumer l'état qui m'enveloppe, une torpeur qui pèse des tonnes, répartie dans mon corps tout entier. Comme si un chantier sur lequel je travaille depuis des années venait brutalement d'être interrompu jusqu'à nouvel ordre. Je suis la Sagrada Família de Barcelone, je vais finir mes jours cerné d'échafaudages laissés là au cas où, on ne sait jamais, tout ça pourrait reprendre un jour. Je suis un dépôt de bilan. Il est onze heures et je suis en pyjama. Quelle plus belle image du désœuvrement ? Quel plus beau résumé des bras ballant dans le vide. Heureusement j'ai rendez-vous avec Yann pour aller à un vide-greniers. Voilà qui va m'obliger à enfiler un jean et un sweat. Je vais finir comme Mathieu Amalric dans le magnifique *Rois et reine* (Arnaud Desplechin, 2004), à déambuler dans la rue en pyjama et robe de chambre en tenant des propos incohérents. À être au fond du trou, autant le faire avec panache.

Yann attrape une plaque métallique Texaco type années 50, l'observe sous toutes les coutures, demande le prix au type et l'achète. Quand je lui demande si elle lui plaît, il me répond *Pas spécialement*. Il cherche à décorer son appartement de choses impersonnelles, qui ne lui parlent pas, qui ne soient liées d'aucune manière à ce qui se trouvait chez eux (eux : Martine, Jules et lui). Peupler son nouvel environnement d'objets sans mémoire pour ne pas réveiller les fantômes. Je lui demande *Au risque de vivre au milieu de trucs moches ?* Il rit et ajoute *Au moins je ne risque pas d'être attendri*. Il me montre la plaque *Comment des gens peuvent aimer ce genre de trucs ?*

Dans le flot de la discussion, il me dit qu'il a été recontacté par Nancy, elle veut boire un café.

Nancy ? *Si, tu sais bien, la fille avec qui j'étais avant Martine.* Le prénom surgi d'outre-tombe me ramène vingt-cinq ans en arrière. Je lui dis que c'est super, ça va lui faire du bien. *J'ai envie de voir personne. Envie de rien reconstruire. J'ai déjà du mal à égayer mon mur, alors mon cœur…* Un peu plus loin, il achète un poster répertoriant de nombreuses espèces de champignons.

Je déniche quant à moi un petit livre de poche, *L'organisation de l'espace dans le* Faust *de Murnau* d'Éric Rohmer (sa thèse de doctorat de 1972 publiée quelques années plus tard). Je me suis dit que je l'offrirais à Aurélie. Ça m'a semblé être une bonne idée sur le moment. Maintenant que je suis chez moi, le livre entre les mains, j'ai un doute : comment va être perçu mon geste ? N'est-ce pas un peu trop intime d'offrir un livre sans raison ? Où nous situons-nous sur l'échelle de la crème brûlée ? Je l'ai trouvé à cinquante centimes dans un bac à livres au milieu d'ouvrages de Rika Zaraï et de Philippe Bouvard. Voilà qui me fascine : par quel parcours sinueux et probablement rocambolesque une thèse de Rohmer finit-elle par se retrouver dans un bac entre Rika Zaraï et Philippe Bouvard ? Comment un film avec Louis Garrel finit-il par se retrouver avec Kad Merad ? Tout me ramène à ça de manière obsessionnelle.

Lundi 3 octobre

Si l'on m'avait demandé, dans *Les amants du Pont-Neuf* (Leos Carax, 1991), mon choix de casting pour jouer aux côtés de Juliette Binoche, jamais le nom de Denis Lavant ne m'aurait traversé. Certes, personne ne connaissait Denis Lavant à l'époque, hormis Leos Carax. Quand bien même, je ne les aurais pas trouvés assortis le moins du monde, Juliette Binoche et lui, le couple le plus dissonant qui soit, elle belle comme un jour naissant, lui et son physique atypique voire menaçant. Et pourtant. Pourtant voilà. *Les amants du Pont-Neuf*, le film romantique par excellence, le casting qui fait mouche. Comme quoi. Qui aurais-je choisi, moi, de mettre face à Juliette Binoche parmi les acteurs de ce début des années 90 ? À brûle-pourpoint j'aurais probablement dit Jean-Hugues Anglade. Tout ça parce que je l'aurais vu quelques années plus tôt dans *37°2 le matin* de Beineix et que son romantisme impulsif et fiévreux aurait cadré ici à merveille. Voilà, j'aurais fait le suiveur. Peut-être est-elle là, la différence entre le casting parfait et le casting génial. L'un va à l'évidence, l'autre la fuit comme la peste. Louis Garrel et Mélanie Thierry étaient peut-être mon Anglade-Binoche à moi, un couple trop sûr, trop beau, trop annoncé. Il faut se décaler. Il faut le pas de côté. Il faut se denis-lavantiser. Il faut rôder un soir d'été du côté du Pont-Neuf.

Les amants du Pont-Neuf. Voilà un projet surhumain, hors norme, au-delà de toute raison. Reconstruire une réplique exacte du Pont-Neuf au fin fond de l'Hérault, à Lansargues, entreprise qui a coûté une somme titanesque aux producteurs, un gouffre financier, on a traité Carax de fou, d'inconscient, pourtant il n'a jamais cédé, à aucun moment il n'a baissé les bras, il se serait accroché à son projet quitte à mettre en faillite tous les producteurs du pays s'il avait fallu. Qui a déjà vu Carax en pyjama à onze heures parce que son projet n'avance pas comme il le souhaite ? Et que dire alors de Coppola et du cauchemardesque tournage d'*Apocalypse Now* ? Et moi je m'écroulerais pour une proposition de changement de casting en début de projet ? On n'a pas tous les mêmes épaules. (*Y en a qui ont tiré le gros lot dans la vie*, dirait l'autre.)

Apocalypse Now justement, parlons-en. L'histoire du cinéma est truffée de ces changements de casting de dernière minute, pour le meilleur et pour le pire. Le rôle du capitaine Willard était destiné au départ à Steve McQueen, avant d'être attribué à Harvey Keitel. Harvey Keitel, c'était une évidence, *Mean Streets*, *Taxi Driver*, tout en démence rentrée, mais oui, bien sûr, Harvey Keitel EST le capitaine Willard ! Sauf que non. Sauf que Coppola n'a pas été convaincu. Keitel a été remplacé par Martin Sheen. Oh mais nooon, pas ce Martin Sheen tout fadasse, hurle le spectateur désappointé, remplacer Keitel par Sheen, nooon, Francis, tu es sérieux ? Tu es sûr de ton coup ? Mais devant le résultat, oui, bien sûr, c'est lui Willard, et comment que c'est lui, c'est virtuose, impeccable, majestueux, parce que son apparence plus lisse rend sa folie plus effrayante. Coppola, lui, l'avait vu. Là encore : fuir les évidences.

Voilà où j'en suis de mes réflexions : nulle part. Comme le capitaine Willard, perdu au milieu de rien, une jungle hostile et inconnue, et comme lui plus j'avance et plus je suis perdu.

Mardi 4 octobre

Dans ma boîte mail, un message d'un certain Jujulafrite ayant pour objet *Essai*, accompagné d'une pièce jointe intitulée, elle aussi, *Essai.* J'ouvre le message, il s'agit de Jules, le fils de Yann. Si j'avais dû associer le pseudonyme à une personne, je crois que Jules serait arrivé en dernière position. Ce nom est à l'exact opposé de lui, introverti et timide. Jules a tout sauf la frite – on serait plus près de l'écrasé de pommes de terre. Mais n'en sommes-nous pas tous là ? À nous créer des avatars d'écran, des vies parallèles, virtuelles et flamboyantes, des images de ce que nous ne sommes pas et aimerions être ? Que fais-je d'autre, moi, sinon me rêver en Louis Garrel ?

On dirait moi à son âge. Il ira loin, ce petit. Il ira se casser les dents sur des rognons sauce madère.

Salut Boris,
Ci-joint un essai en fonction des éléments que m'a donnés papa,
bises
Jules

J'ouvre son fichier et reste un instant figé. Je ne sais qu'en penser. Si Jules n'était pas le fils de Yann, si je n'avais pas la sympathie que j'ai pour lui, je penserais quelque chose comme : c'est horrible.

Il a fait un montage à partir de photos glanées sur Internet (mon montage Photoshop à moi n'a presque pas à rougir devant le sien à vrai dire). Louis Garrel et Mélanie Thierry sont face à face, de profil, et se regardent passionnément. À ceci près que les proportions ne sont pas respectées, le visage de Mélanie Thierry semble beaucoup trop petit, comme si elle revenait d'un séjour dans une tribu amazonienne de réducteurs de têtes. Ou alors elle est plus loin, mais ça n'est pas très cohérent pour un face-à-face. À ça s'ajoute un autre problème : les regards ne se croisent pas. Tous deux ne se regardent pas dans les yeux. Louis Garrel semble regarder le front de Mélanie Thierry et elle son nez à lui (j'imagine qu'il n'était pas aisé de trouver des photos où la direction des yeux tombait pile). Avec son air sérieux et tourmenté, il semble lui reprocher d'avoir une tache sur le front. Mélanie, elle, a l'air de se poser mille questions sur la taille du nez de Louis.

En bas de l'affiche, le nom des acteurs, le titre du film et, en dessous, *Un film de* suivi de mon nom. Il y a eu un malentendu, Jules croit que c'est moi qui réalise le film. Mais c'est le moindre des problèmes au regard de tout le reste. J'espère que Yann et Martine ne payent pas trop cher la formation de graphiste.

Je ne sais que lui répondre. J'hésite un instant à lui faire un retour construit et argumenté mais ne m'en sens pas la force. J'ai peur de le blesser. Jules a toujours été un garçon sensible, je me reconnais beaucoup en lui.

Je lui réponds *C'est super, merci Jules !! Bises !*

(Si les décorateurs de plateau, en lieu et place de l'exacte réplique du Pont-Neuf, m'avaient construit un pont avec des boîtes à chaussures tartinées de gouache, je leur aurais dit *C'est super, merci les gars !!* avant de disparaître sans laisser de trace.)

Mercredi 5 octobre

Je viens de relire mon scénario en diagonale et me suis pris à imaginer certaines répliques d'Ariel dans la bouche de Kad Merad. Cet exercice m'apparaît comme un premier pas vers la capitulation, je n'aime pas ça. Il y a en moi deux sous-moi qui luttent avec acharnement, s'infligeant des clés de bras et des manchettes au menton, un Jekyll et un Hyde s'écharpant à mort, et je ne saurais dire lequel des deux est dans le vrai. Finalement, la question à se poser, la seule qui vaille, est peut-être : ai-je le choix ? Bien sûr, je peux rester intraitable, inflexible, droit dans mes bottes, mais ensuite ? Ce sera non de la part d'Henri-sauce-madère, et peut-être Chabloz va-t-il me lâcher dans la foulée, dégoûté que je n'aie pas saisi l'opportunité qu'il s'était échiné à me donner. Un gamin ingrat et capricieux incapable de voir la chance qu'il a, voilà ce que je suis, se dira-t-il.

La mort dans l'âme, j'envoie à Chabloz un mail dont la brièveté et la sécheresse de ton expriment la capitulation sans enthousiasme. Je veux qu'il comprenne en filigrane que j'accepte non parce qu'il a raison, mais parce qu'il a le pouvoir.

Je continue d'être mitigé quant au choix de Kad Merad, mais si ce choix se confirme, comme cela semble en prendre la voie, je dois modifier certaines choses. Ça ne marche pas en l'état. Le texte doit être remodelé en fonction du rythme propre à l'acteur. Je vous fais passer une version revue et corrigée dans les meilleurs délais et nous aviserons.

Boris

Sa réponse ne se fait pas attendre.

Cher Boris,

En voilà, une bonne nouvelle ! Pour tout vous dire, je savais que vous opteriez pour la meilleure des solutions. Car vous et moi ne sommes motivés que par une seule et unique chose, tendus vers le même but : le film, le film et rien d'autre. Nous ne sommes là que pour le servir au mieux. J'écris tout de suite à notre ami de M6 qui sera ravi de votre décision.

Bien à vous,

Jean

Je ne sais exactement ce que je ressens après cet échange. Comme en transit, les valises à la main, n'osant encore les poser nulle part.

Jeudi 6 octobre

Jean m'a dit que vous étiez partant pour Kad et même emballé par ce choix, en voilà, une bonne nouvelle !! Il va adorer votre scénario, j'en suis convaincu !

H.

Un mail d'Henri. C'est Chabloz qui a dû lui donner mon adresse, d'ailleurs il est dans la boucle. *Partant* et *emballé*. Je serais curieux de savoir ce que Chabloz lui a raconté. Mais soit, partant et emballé donc, faisons ça. Se concentrer sur le verre à moitié plein : le producteur reste dans la course, donc le projet aussi, c'est une bonne nouvelle, ne boudons pas notre plaisir. Suis-je censé renvoyer quelque chose ? Son mail n'appelle pas de réponse particulière. Mais rester muet pourrait être interprété comme un signe de rancune. J'opte pour un sobre :

Merci Henri, je croise les doigts !

Je n'en finis pas de reprendre des rognons.

Aurélie a tenu à m'entraîner dans une de ses pâtisseries préférées pour me faire goûter, avec tout le sens de la nuance qui la caractérise, *le meilleur tiramisu à la fraise du monde*. En attendant qu'on nous serve, elle se lance dans une théorie selon laquelle Louis Garrel est l'héritier de Chaplin et Keaton, elle vante son expressivité désuète et la grammaire de son corps. *C'est un mime d'un autre temps, sensuel et lunaire, cérébral et burlesque, tu as de l'or chorégraphique entre les mains, Boris.* Et, même si je ne saisis pas tous ses adjectifs, je lui dis que j'ai justement prévu une chorégraphie dans mon scénario. Elle exulte, c'est une idée merveilleuse. Elle ajoute *Le noir et blanc va décupler la puissance de cette scène !*

À plusieurs reprises pendant qu'elle parle, je glisse la main dans mon sac pour en sortir le livre de Rohmer et le lui offrir, sans trouver la force d'aller au bout de ce geste. Après quelques tentatives infructueuses, alors que je m'apprête à le faire, le serveur arrive et lance *Et deux tiramisus pour les amoureux !* Je lâche aussitôt le livre, tétanisé, je me sens devenir blême. Aurélie éclate de rire et le remercie. Deux réactions totalement opposées. Je crois qu'il faut que je me détende.

Je rentre chez moi avec le livre de Rohmer.

Vendredi 7 octobre

Je me suis levé ce matin d'humeur très positive, avec la pleine conscience de la tâche à accomplir. L'absence d'horizon a laissé place à une route droite et sans fin qui s'ouvre devant moi, la route 66 qui traverse le désert des Mojaves, je n'ai qu'à me laisser porter dans une grosse Buick décapotable, du Lee Hazlewood dans le poste de radio. Je me sens gonflé d'une énergie qui, depuis deux jours, m'avait complètement abandonné. Impossible de dire à quoi ce regain de vitalité est dû, il ne s'est rien passé cette nuit, pas d'apparition divine, pas de rêve symbolique, pas d'illumination – pas même d'Atarax avant de me coucher, j'étais tellement épuisé que je suis tombé comme une masse. Il faut croire que nous sommes programmés pour survivre à tout. Sauf cas extrêmes, nous ne nous laissons pas mourir. Peut-être mon corps est-il simplement fatigué d'être fatigué.

Il n'y a pas de fatalité, il n'y a que des opportunités. On m'impose Kad Merad ? Eh bien allons-y. C'est un signe. C'est que mon projet doit aller dans ce sens. Que serait l'art sans accidents ? Sans hasards ? Sans contraintes ? Une vieille dame poudrée dans un tournoi de bridge.

Je vais passer mon scénario au tamis de la personnalité de Kad Merad. Je suis suffisamment resté au fond de la piscine, il est l'heure de donner un coup de talon.

Les servitudes silencieuses sont mortes, vive *Les servitudes silencieuses*.

INT. CHAMBRE – SOIR

ARIEL

À quoi tu penses ?

MARIANNE

À rien. À nous.

ARIEL

Je te sens loin. Tes yeux ont pris le Transsibérien.

MARIANNE

Mais quand je reviens, tu es toujours sur le quai, c'est l'essentiel, non ?

ARIEL

C'est plein de courants d'air mais on finit par s'y faire.

J'ai travaillé deux heures d'affilée, en immersion totale, entre extrême concentration et lâcher-prise, minutieusement, calant mon pas sur un nouveau rythme comme un danseur de tango doit s'habituer à une partenaire inconnue, comprendre son tempo, ses pauses, ses silences, ses regards. Peu à peu, au fil de l'écriture, une alchimie nouvelle s'est instaurée, différente de celle qui existait entre Louis Garrel et Mélanie Thierry. Différente mais pas inintéressante, au contraire, car moins attendue. Comme Martin Sheen, on n'attend pas Kad Merad dans le dérèglement des sens, ce qui rend les scènes de rupture plus poignantes. Sans toutefois sombrer dans le contrepied forcé. Je me méfie du syndrome *Tchao Pantin*, qui à l'époque avait fait l'unanimité et qui ne m'a jamais convaincu, je ne saurais dire pourquoi, peut-être que je sentais trop le type derrière qui fait son

Tchao Pantin justement – je me comprends. Ça me rappelle une anecdote (qui en soi n'a pas grand-chose à voir) : Sautet suggère un jour à Montand, pour une scène, de mettre une veste en cuir, décontracté, et Montand lui répond *Oui mais non, parce que la veste en cuir, tu vois, ça fait pas décontracté, au contraire, ça fait « J'ai mis la veste en cuir »*. J'aime beaucoup cette histoire rapportée par Jean-Loup Dabadie – qui, soit dit en passant, figure dans mon panthéon des scénaristes, lui n'aurait pas passé deux jours en pyjama, il aurait tout de suite senti le potentiel narratif de ce nouveau virage. Et que dire de Montand, encore un à qui on n'aurait pas forcément confié à ses débuts un rôle dramatique, et pourtant quelle profondeur, quel jeu !

Je me surprends à aimer mon projet d'une autre manière. Une île peut s'aborder par mille rivages.

Samedi 8 octobre

Mercredi sort L'innocent, *le dernier film de Louis Garrel, intéressé ?*

J'ai reçu son texto il y a un petit quart d'heure et je dois avouer qu'il m'a fait redescendre. Comme ces types qui commencent doucement à émerger d'un chagrin d'amour et à qui l'on dit *J'ai croisé ton ex hier, elle avait l'air en forme.* Son texto me ramène à la première version de mon projet et m'assomme un peu.

Que signifie le *intéressé* ? Trois interprétations s'offrent à moi : 1) Le thème te tente ? 2) Tu as prévu d'aller le voir ? 3) Veux-tu qu'on aille le voir ensemble ? Dans le doute il faut que ma réponse embrasse les trois questions. Des réponses différenciées (et honnêtes) donneraient : 1) Hélas oui. 2) Non, la cicatrice est encore fraîche, c'est trop douloureux. 3) Ce serait pire.

Voilà peut-être l'occasion de lui annoncer, le plus simplement du monde, *Écoute, voilà, petit changement de casting, Louis ne fait plus partie du projet, du coup c'est un peu douloureux d'aller le voir, je suis désolé*, suivi d'une émoticône désolée (donc redondante).

Je commence à taper les premiers mots puis m'interromps. Je n'y arrive pas. J'ai du mal à franchir le pas. Peut-être serait-il plus simple de le lui annoncer de visu la prochaine fois qu'on se voit. Peut-être même l'accompagner à la séance et la prévenir juste avant, de manière naturelle et détachée. L'écrit peut parfois prêter le flanc à des malentendus. Quant à savoir si j'ai envie d'aller voir le dernier film de Louis Garrel, j'avoue être partagé. Une partie de moi a envie d'aller boire un café avec son ex, l'autre partie a très peur de replonger dans le chagrin d'amour la tête la première.

Je me fends d'une réponse qui me semble couvrir le champ des réponses possibles, *Oh ben oui !*, et que je regrette tout de suite après l'avoir envoyée.

Dimanche 9 octobre

Nouveau message de Jujulafrite, accompagné d'une pièce jointe intitulée *Essai2*. Cette fois-ci aucun texte, pas de message, seulement la pièce jointe. Je l'ouvre. Il s'agit d'un nouveau montage pour l'affiche. Différent du précédent mais du même niveau. En fait non, pire. On y voit cette fois Louis Garrel derrière Mélanie Thierry, il lui enlace la taille. Sauf que les bras qui enlacent ne sont pas ceux de Louis Garrel, ce sont des bras qui étaient déjà autour de la taille de Mélanie Thierry sur la photo qu'il a trouvée sur Internet. On ne sait pas à qui ils appartiennent mais Jules les a gardés. Les bras de Louis Garrel, initialement le long de son corps, semblent effacés à partir du coude pour que les faux bras prennent le relais. Il pourrait très bien s'agir d'une affiche pour un film d'horreur, une histoire de zombies démembrés – mais amoureux. Point positif : la partie haute des bras de Louis Garrel et les avant-bras inconnus sont de la même couleur, noir. On a échappé au pire.

Tous deux regardent droit devant eux, vers un horizon lointain, un avenir plus radieux, un montage moins raté. Autre point positif : les regards cette fois ne sont pas approximatifs, ils sont tous les deux dirigés dans la même direction (en même temps, il faut le faire pour rater l'horizon).

Quant à la typo du titre, il l'a modifiée, elle est plus serrée que la précédente, à peine lisible, les lettres se bousculent, on doit plisser les yeux pour les discerner.

Je ne sais pas quoi répondre. La sagesse consisterait à mettre l'accent sur le positif, mais lequel ? *Bravo Julien, les manches sont de la même couleur !*

Je me contente d'un *Encore super, merci Julien !!*

Lundi 10 octobre

INT. CHAMBRE – JOUR

ARIEL

Je pourrais être ton père, tu sais ça ?

MARIANNE

Non tu ne le pourrais pas, je déteste mon père.

ARIEL

Détester demande beaucoup d'énergie.

MARIANNE

Se faire détester en demande tout autant. Tu ne détestes personne, toi ?

ARIEL

À partir d'un certain âge, on ne conjugue plus détester au présent, les vieilles artères se nourrissent de pardon.

MARIANNE

Le pardon c'est du sucre, ça bouche les artères.

ARIEL

La haine bouche tout, les artères et l'avenir.

MARIANNE

Il faut savoir haïr pour avoir conscience de la valeur d'aimer.

Elle le regarde. Ils s'embrassent.

De nouveaux dialogues viennent remplacer les anciens, plus nuancés, plus sûrs aussi, comme profitant de la nouvelle maturité de mon personnage. Kad Merad et Mélanie Thierry ont dix-sept ans d'écart. Leur différence d'âge apporte quelque chose de trouble à mon histoire, une dimension vénéneuse mais aussi plus touchante, absente de la version précédente :

Ariel se sent éconduit parce qu'il est vieux et dépassé. Marianne représente la jeunesse, la fraîcheur, lui est à l'automne de sa vie. Au chagrin d'amour s'ajoute un questionnement sur le temps qui passe. Leur duo me ramène à un film que j'avais beaucoup aimé à sa sortie et que j'avais oublié: *Les sentiments* (Noémie Lvovsky, 2003), avec le regretté Jean-Pierre Bacri et la toujours sensationnelle Isabelle Carré. Là aussi la différence d'âge faisait d'eux un couple a priori improbable, voire fort mal assorti, mais qui pourtant nous emportait dès la première seconde. Cette réminiscence bienvenue me dit que c'est possible, elle valide ma nouvelle formule. Et Clouzot, qui avait opté pour Reggiani face à Romy Schneider (encore elle) pour son film *L'enfer*, ils avaient seize ans d'écart, presque comme mes acteurs, film malédiction qui ne verra jamais le jour et laissera abîmés ses protagonistes, voire les tuera. Quel chef-d'œuvre il promettait d'être – et pourtant: seize ans d'écart!

Mardi 11 octobre

Ce matin, je suis passé voir Yann pour l'aider à monter un nouveau matelas dans son appartement – l'ancien lui faisait mal au dos. Il m'a parlé de Martine, du divorce, c'est compliqué, il la trouve dure. Il me demande si Jules m'a montré des choses.

Je lui réponds *Oui oui, il m'a envoyé deux essais, c'est très bien*. Il semble rassuré, il n'a pas besoin de beaucoup plus. *C'est très bien*, il peut faire des kilomètres avec ça. Je lui devine un petit sourire entre fierté et soulagement. *C'est un garçon secret, tu sais, il ne parle pas beaucoup mais je vois bien qu'il est très excité par ce projet d'affiche. Merci de faire ça pour lui, notre séparation l'a déglingué lui aussi, même s'il n'a jamais rien exprimé et s'il a toujours fait bonne figure. Il nous a épargnés, c'est le monde à l'envers quand on y pense.*

Tout à coup, je ressens une pression énorme, je me retrouve tuteur d'un enfant fragilisé par un divorce. C'est à moi de le requinquer, c'est ma mission. Je le rassure, je lui répète que Jules est doué, tout en pensant aux avant-bras qui enlacent la taille de Mélanie Thierry. Je vais laisser passer un peu de temps, je ne suis pas encore mûr, je crois, pour avouer que Louis Garrel ne devrait pas être sur cette affiche. Quand le projet sera un peu plus avancé, j'en informerai Jules, il fera d'autres essais. En ce moment, Yann n'a pas besoin que je l'embête avec des histoires d'avant-bras collés et de regards qui ne tombent pas pile.

Il est possible aussi que je n'assume pas ce changement de distribution qui pourrait passer à ses yeux pour un échec. J'ai encore besoin de l'admiration de Yann comme de l'enthousiasme d'Aurélie pour continuer d'avancer.

Il me dit qu'il a fini par accepter d'aller boire un café avec Nancy. Elle est en plein divorce aussi. *Pourquoi les gens divorcés attirent les gens divorcés ? C'est un truc chimique tu crois ? On sécrète une hormone ?* Je lui demande comment ça s'est passé. *Ça s'est passé qu'il nous est passé vingt ans dessus et qu'on les remonte pas à la rame avec un café.*

Mercredi 12 octobre

EXT. PLAGE – JOUR

Ils sont sur la plage. Ariel assis, Marianne sort de l'eau, vient déposer un baiser sur sa bouche et s'assoit à côté de lui. À côté, un enfant joue avec des coquillages qu'il empile minutieusement en les faisant parler. Ariel le regarde longuement. Quand il sort de ses rêveries, il remarque que Marianne le fixe en souriant, ils échangent des regards interrogatifs et amusés.

ARIEL

Quoi ?

MARIANNE (*espiègle*)

Quoi, quoi ?

ARIEL

Pourquoi tu me regardes comme ça ?

MARIANNE

Comment comme ça ?

ARIEL

Avec cet air…

MARIANNE

Depuis quand dois-je justifier mes airs ?

ARIEL

Je veux un compte-rendu de cet air sur mon bureau lundi à la première heure.

Première scène où Ariel exprime (ou plutôt n'exprime pas) un désir de paternité, il veut un enfant avec Marianne, il est en train de prendre conscience de cette pulsion, mais ce désir n'est pas formulé. Cette scène version Louis Garrel était plus bavarde et explicite, elle est ici plus suggérée et de fait plus puissante parce que sujette à mille questions inquiètes d'un homme de presque soixante ans. Il y a quelque chose de beau dans la manière dont Ariel regarde cet enfant sans un mot, partagé entre rêve et mélancolie, entre paradis perdu et avenir lumineux. Toutefois, cette scène doit être enjouée et espiègle pour éviter la solennité. Sa légèreté traduit la pudeur d'Ariel qui peine à aborder ce sujet de manière frontale.

Je rentre de la soirée cinéma avec Aurélie habité d'états contradictoires, troublé et agacé, charmé et déprimé, il me faut remettre de l'ordre dans tout ça.

Voir Aurélie dans ce cadre-là m'a quelque peu déstabilisé, nous obéissions à des codes que je ne maîtrisais pas, adoptions une nouvelle grammaire dont je ne savais rien. Je commençais à peine à prendre mes marques lors de nos rendez-vous et voilà que je me retrouvais dans un cinéma, avec l'incongruité de se retrouver côte à côte, séparés par un simple accoudoir, quand jusque-là une table servait de rempart à mes appréhensions.

J'ai d'abord été encombré des clichés de premier baiser échangé dans la pénombre d'une salle de cinéma ou dans un de ces drive-in des années 50. Je nageais en plein *American Graffiti* (George Lucas, 1973) – un *American Graffiti* d'intérieur. Mais dès le générique, Aurélie est entrée dans le film pour n'en sortir qu'une fois les lumières rallumées. Après la séance, nous sommes allés boire un verre et avons longuement parlé du film. Aurélie fait partie de ces personnes qui adorent parler du film qu'elles viennent de voir, le décortiquer, l'analyser en tous sens, le désosser tant qu'il est chaud, alors que j'appartiens moi à la famille des taiseux qui aiment laisser infuser et prolonger l'état de transe dans lequel vous laisse le visionnage. J'ai besoin d'un sas de décompression, Aurélie avale les paliers sans transition. L'omniprésence de Louis Garrel dans la conversation et l'excitation d'Aurélie l'imaginant dans mon film rendaient le moment plus pesant encore. Circonstance aggravante : le film est très bon. J'aurais aimé (pardon, Louis) qu'il fût raté. J'aurais aimé que Louis Garrel trébuche au moment où il m'échappe, s'étale de tout son long, que ce fiasco l'affaiblisse, me le rende moins désirable. Je n'en suis pas fier, mais n'est-ce pas humain ? Ne souhaite-t-on pas secrètement que nos ex tombent sur des types moins drôles, moins beaux, ayant le souffle plus court au lit ? Je regardais Aurélie s'animer, décortiquant des scènes de *L'innocent*, des expressions précises de Louis Garrel, me démontrant méthodiquement à quel point il allait être génial dans mon histoire. J'accompagnais son enthousiasme d'emballements surjoués, d'acquiescements douloureux. Il allait être parfait dans mon scénario, elle en était convaincue, moi aussi.

Lorsque nous nous sommes quittés, elle s'est fendue d'une bise très appuyée au coin de mes lèvres. Je suis resté un instant paralysé par la surprise, ne sachant si c'était intentionnel ou si son baiser s'était échoué là comme une balle perdue. Le sourire qu'elle m'a adressé m'a confirmé que de balle perdue il n'était nullement question ici, nous étions bel et bien en présence d'une frappe chirurgicale minutieusement ciblée. Mon mutisme masquait un affolement intérieur, un branle-bas de combat de tous mes sens.

Je suis ce soir tiraillé entre le goût amer de l'excellence de Louis Garrel et une sorte d'excitation adolescente. Une fille me fait une bise sur le coin de la bouche et me voilà tout émoustillé. J'ai l'impression de sortir de trente années dans un monastère tibétain.

Jeudi 13 octobre

EXT. PARC – JOUR

ARIEL

Parfois je me demande ce que tu fais avec moi...

MARIANNE

Et toi ? Qu'est-ce que tu fais avec toi ?

ARIEL

Je m'encombre.

Levé depuis six heures du matin pour travailler, ce qui me semble assez bon signe. L'angoisse est une couche-tard, l'excitation une lève-tôt. J'ai travaillé trois heures d'une seule traite, m'interrompant à peine pour me servir des cafés. Je suis particulièrement fier de certains passages absents de la première version, qui se sont imposés à moi sans trop d'efforts. Une suite d'apparitions miraculeuses. Ce matin, mon bureau : la grotte de Lourdes.

Séance de travail qui m'a conforté dans l'idée que Kad Merad est mon Ariel, un Ariel plus fragile, plus sensible. Louis est trop beau pour être aussi friable, il n'a pas dû subir les brimades de l'enfance, il n'a pas connu les égratignures que le temps transforme en crevasses. Je n'imagine pas Louis Garrel enfant autrement que beau et intégré. Je n'imagine pas Kad Merad enfant autrement que dans la peau du petit gros rejeté. Mais peut-être que je me trompe. Peut-être que je projette sur lui celui que j'ai moi-même été. Si tel est le cas, raison de plus pour préférer cette nouvelle distribution, je connais ces blessures, je sais leurs effets.

Je décide d'envoyer une première version corrigée à Chabloz pour prendre la température, et, accessoirement, sursaut d'orgueil, lui montrer que je suis efficace dans l'adversité. Que plus on ajoute de haies, plus j'allonge la foulée.

J'ai adoré aller au cinéma avec toi ! On le refera ?

Nulle mention de la bise au coin des lèvres. Aucune allusion. À moins que le message dans son ensemble ne soit qu'allusion. Peut-être ne s'est-elle même pas aperçue de sa bise mal dosée ? Peut-être l'ai-je rêvée ? Non, ça non, j'en ai encore la sensation sur la peau comme une trace fossile. Ce non-dit a quelque chose de troublant. J'aime l'idée qu'on n'en parle pas, qu'on ne le commente pas – contrairement aux films qu'elle vient de voir. L'évoquer me mettrait mal à l'aise. Peut-être qu'elle aussi. Nous laissons à ce baiser le silencieux bénéfice du doute et c'est parfait ainsi.

On le refera ? Pourquoi pas. À condition de ne pas aller voir un film avec Louis Garrel. Ce qui statistiquement nous laisse pas mal d'autres possibilités.

Avec plaisir, j'ai adoré aussi !

Elle me répond aussitôt avec une émoticône souriante, les joues rouges.

Nouveau message de Jujulafrite. Accompagné d'une pièce jointe intitulée *Essai3*. Toujours pas de texte. Je l'ouvre. Il a opté pour quelque chose de plus dynamique. Cette fois, plan large de Mélanie et Louis qui courent en se tenant par la main. Il pourrait s'en dégager quelque chose de très romantique, de l'ordre de la fuite éperdue, sauf que non. Sauf que, comme pour les autres essais, il a fait avec les moyens du bord. Il a collé les têtes de Mélanie et Louis sur une photo déjà existante de couple qui court en se tenant par la main. De sorte que les visages sont anormalement statiques et impassibles pour des gens qui courent. Aucune expression ne les anime, ils ont l'air de courir parce qu'ils y sont tenus contractuellement. Les cheveux de Mélanie ne sont animés d'aucun mouvement, ils tombent sur ses épaules (avec des contours découpés grossièrement) comme si elle était à l'arrêt – on peut imaginer qu'elle ne court pas très vite, mais quand même. Les proportions, pour une fois, sont à peu près respectées – encore que la tête de Mélanie soit, cette fois, un poil trop grosse. On progresse.

Là encore, je ne sais trop quoi faire avec ça. Il n'a pas dû comprendre qu'un essai suffisait, c'est ma faute, peut-être n'ai-je pas été assez explicite. Erreur que je répare sur-le-champ.

Jules, c'est parfait ! Avec ces trois propositions, la production aura l'embarras du choix. Je te tiendrai au courant. Encore merci et à bientôt !

Vendredi 14 octobre

Mon cher Boris,

Je n'aurai qu'un mot à dire : bravo ! Vous avez su adapter votre projet sans le trahir, retourner les contraintes pour vous en faire des alliées de choix. Vous avez ce don précieux de ventriloquie :

faire parler n'importe qui avec le ton juste, saisir la substantifique moelle de votre acteur pour faire coller vos mots à son phrasé. Je suis sûr que nos partenaires vont être séduits. À ce propos, justement : Henri m'a appelé, il veut nous présenter son collaborateur qui est aussi emballé que lui par le projet et qui tient absolument à vous rencontrer. Et croyez-moi, c'est très bon signe. Technique classique de producteur (je sais de quoi je parle) que d'avancer en ligne par paliers croissants : le deuxième rendez-vous ne se fait que si le premier a convaincu. En fait de « collaborateur », c'est bel et bien avec son supérieur hiérarchique que nous avons rendez-vous. Henri était venu renifler l'affaire en éclaireur, preuve est faite si besoin était que vous avez fait le job, si je puis me permettre.

Organisons ça très vite dès que vous le pouvez, ne tardons pas, battons le fer tant qu'il est chaud.

Bien à vous,

Jean

Je suis flatté et revigoré. Tout autour de moi reprend des couleurs. Même si, forcément, un retour aussi rapide ne peut que susciter chez moi des sentiments contradictoires : peut-être est-il tellement passionné par le projet qu'il s'est jeté dessus à peine reçu et l'a dévoré d'une traite. Mais le paranoïaque en moi le soupçonne de ne pas l'avoir lu, ou de l'avoir parcouru en diagonale, le simple nom de Kad Merad suffisant à ses yeux à porter n'importe quel texte.

Dimanche 16 octobre

Sur l'étal devant nous, Yann a repéré un petit âne en plastique avec, sur le dos, un panier pour ranger des cigarettes. Quand on abaisse les oreilles de l'âne, sa queue se lève et une cigarette sort par son anus. Le vendeur, un vieil Espagnol à la peau burinée, nous fait la démonstration en riant à gorge déployée, d'un rire sans incisives. Banco, Yann l'achète. A priori, rien ne peut moins lui rappeler Martine – du moins que je sache. Mission accomplie. Nous mangeons un sandwich à la dinde à dix heures du matin, au camion-snack où nous avons nos habitudes. Le type ne fait jamais assez cuire la dinde sur sa plaque carbonisée. Noir dehors, rose dedans, voilà qui pourrait être son enseigne. Yann a coutume de dire *Pour le même prix, tu as la listeria et le cancer du poumon.*

Je m'octroie une pause mentale, phase en suspens entre copie rendue et attente du verdict. Pour la première fois depuis longtemps, je me sens libre et léger.

Nous échangeons de temps à autre des textos avec Aurélie. Elle aurait bien bu un café avec moi aujourd'hui mais sa sœur vient la voir. Je lui dis que c'est super. Elle répond qu'on voit que je ne connais pas sa sœur, encore moins son neveu. Je suis pris en flagrant délit de sourire par Yann. Mais il détourne la tête dans une discrète élégance. Je ne dis rien non plus. Pas tant qu'il baignera dans cette torpeur triste. Pas tant qu'on en sera au stade cigarette qui sort par l'anus d'un âne pour effacer le passé.

Lundi 17 octobre

Nous avons rendez-vous dans le bureau du producteur. Je suis plus à l'aise avec cet endroit, il a le mérite d'être clair : il s'agit d'un rendez-vous professionnel dans un lieu professionnel. Pas de double langage, pas de sous-texte, ni fausse discussion à bâtons rompus, ni faux sourire, ni faux-semblants, ni vrais rognons. Assez de ces entretiens déguisés en moments conviviaux, de ces partenariats que l'on veut nous faire passer pour des retrouvailles de vieux amis. J'ai besoin d'un cadre strict et franc autour d'un échange strict et franc. Les accords de Yalta ne se sont pas signés au café du Commerce autour d'un bol d'olives.

Juste avant que je parte, Aurélie, que j'ai informée de ce nouveau rendez-vous, m'envoie un texto : *Que la force de Mélanie et Louis soit avec toi*, émoticône doigts croisés.

Retour chez moi.

J'arrête tout.

Stop.

Il est temps de mettre fin au massacre.

Avant ça, tout de même, raconter. Dire l'indicible. Trouver la force de rendre compte de ce chapitre. Et puis rideau.

Jean Chabloz et moi avions rendez-vous devant le bâtiment de la chaînc dc manière à arriver ensemble cette fois, j'y tenais. Au sixième étage, nous sommes accueillis dans un bureau où se trouvent notre ami Henri et un type d'assez forte corpulence (à côté d'Henri, plutôt mince et fluet, la première pensée qui me vient : *Tiens, Laurel et Hardy*, c'est assez cocasse pour une paire de producteurs de cinéma, comme un hommage *in situ* à l'histoire du septième art). Le type nous salue et se présente, il s'appelle Hugues, il ne trouve pas utile de nous préciser son nom, nous sommes peut-être déjà censés le connaître. Derrière lui, posé sur une étagère, au milieu de livres, dossiers et classeurs en tout genre, trône un énorme Goldorak, la version de soixante centimètres de haut, celui dont un des poings lance des fléchettes blanc et rouge. Le même Goldorak que j'avais eu pour Noël à six ans. Par réflexe plus que par recherche de connivence à tout prix, je sors presque malgré moi *Oh c'est dingue, j'avais exactement le même*. Son visage s'illumine, comme s'il tombait sur un frère caché à la naissance ou un compatriote au milieu d'un lointain pays étranger. *On doit avoir le même âge* (je le pense plus âgé mais passons, inutile d'oraliser cette précision). *J'ai réussi à le garder intact durant toutes ces années, la seule chose que j'ai perdue au gré des déménagements, ce sont les fléchettes. Si vous les avez, votre prix sera le mien.* Nous éclatons tous de rire dans une ambiance bon enfant. D'emblée le climat est chaleureux, je me sens immédiatement détendu. Comment ne pas faire confiance à un type qui tient à la compagnie permanente de son enfance ?

Mais trêve de bavardage, j'irai droit au but : j'adore votre scénario. (Au moindre de ses mots, Henri me regarde en souriant, comme pour appuyer et confirmer ce qui vient d'être énoncé.) *Vous savez, à mes heures perdues, je lis beaucoup de poésie… Croyez-le ou non, j'ai retrouvé dans votre écriture du Bonnefoy, du Éluard, du Artaud* (l'autre continue de hocher la tête, même s'il n'a probablement jamais entendu parler de Bonnefoy, Éluard ou Artaud). *C'est rare de rencontrer une telle poésie dans un scénario. Ne tournons pas autour du pot, je suis berrichon, vous savez…* Il précise *Je suis berrichon* comme Chabloz m'avait précisé qu'il était bourguignon, comme si l'origine provinciale était un gage indiscutable de confiance et d'honnêteté, un passeport de valeurs ancestrales, on pourrait presque se contenter de ce bagage dans un

CV. Expérience professionnelle : berrichon. (Par ailleurs, je ne vois pas en quoi être berrichon empêche de tourner autour du pot, je ne connaissais pas cette caractéristique berrichonne, mais passons.) *Vous aurez évidemment compris que nous sommes prêts à nous investir dans ce projet. Kad Merad c'est très bien, très bon choix. Mais ça ne suffit pas à lever des fonds. Ne jamais tout miser sur un seul cheval.* Une alarme se met à retentir dans mon cerveau, je le vois venir avec ses gros sabots berrichons, je commence à maîtriser le langage producteur : il veut ajouter une tête d'affiche, si possible prestigieuse – *bankable*, comme ils disent –, à ma distribution. En une fraction de seconde, je passe mentalement en revue les rôles récurrents dans le scénario qui pourraient échoir à un acteur célèbre. Il y a peu de rôles secondaires vraiment présents, si ce n'est le père d'Ariel. Ariel prend soin de lui depuis la mort de sa mère, il lui rend visite une fois par semaine, on suit son évolution (sa dégradation, pour être plus juste) sur un an, son regard qui peu à peu se perd dans le vide, ses absences soudaines, *ce malheur sourd qui l'accompagne comme un chat endormi sur ses genoux* (je suis très fier de cette phrase), cette fatigue d'exister qui l'enveloppe peu à peu et contre laquelle Ariel lutte sans relâche. Ses visites donnent lieu à des scènes touchantes. Hors de question de brader ce rôle, le père est un homme blessé, je l'imagine joué par un anonyme, pour ne pas être parasité par une image préconçue et fausse. Je veux un homme blessé que l'on n'a jamais vu blessé ailleurs. *Savez-vous avec qui je déjeunais hier soir et qui exprimait justement son envie d'un rôle dans la veine de votre histoire?* Là il laisse planer un silence, Henri semble connaître la réponse et me fixe avec un grand sourire prometteur. *Christian Clavier…*

Tous deux me regardent et je ne sais, moi, où poser mes yeux, cherchant un coin où déverser mon désarroi. Christian Clavier dans *Les servitudes silencieuses*. L'association de ces mots n'est pas réelle, elle n'a aucune existence, ils ne peuvent se côtoyer, de la même façon que les dinosaures n'ont pu côtoyer les Néandertaliens ni les Néandertaliens les Homo sapiens, c'est *physiquement* impossible. Hugues continue avant que j'aie pu reprendre mon souffle – toujours achever sa proie afin de lui éviter les pires souffrances. *J'adore Mélanie Thierry, c'est une excellente actrice, je l'ai trouvée formidable dans* La princesse de Montpensier, *mais ne nous voilons pas la face, elle n'a pas la force de frappe d'un Clavier, indéniablement.*

À ce moment-là, je perds pied. Je m'affaisse d'un cran. Je ne saisis pas le sens de sa phrase tout de suite, elle me semble totalement démantibulée, à la limite de l'abstraction. Je ne veux pas la saisir. C'est trop improbable. Je dois pourtant m'y résoudre.

Il veut remplacer Mélanie Thierry par Christian Clavier.

Même après avoir compris ça, je n'ai toujours rien compris.

Les seuls mots que je parviens à articuler : *Mais… c'est-à-dire… ?* Il prend son sourire le plus paternaliste. *Je comprends que vous soyez déstabilisé, croyez-moi, je le serais à votre place. Mais en lisant votre scénario qui, je le répète, est un petit bijou d'écriture, j'ai eu comme une révélation : que serait l'équivalent de cette histoire avec deux amis ? Ce lien est universel, ici c'est d'amour qu'il s'agit, mais il pourrait très bien s'agir d'un lien d'amitié, une amitié si forte qu'elle peut en devenir destructrice…*

Henri est tout à fait d'accord avec lui, il acquiesce. Chabloz affiche un sourire songeur. Hugues attend que je réagisse. J'ai beau implorer Goldorak derrière lui de me venir en aide, rien, pas un signe. Nos rêves d'enfants sont bel et bien morts, les fléchettes ont disparu, Actarus croupit dans un EHPAD de banlieue, racontant ses exploits à des aides-soignantes débordées.

Voilà. Voilà où on en est.

Rideau donc.

Depuis, je suis allongé sur mon canapé, fumant cigarette sur cigarette.

Aurélie m'a envoyé un message pour venir aux nouvelles. Je me suis levé pour lui répondre *Génial, je te raconterai !* avant de retourner m'étaler de tout mon long. Les points d'exclamation simulés demandent une énergie folle.

Jeudi 20 octobre

Depuis ce rendez-vous : rien. Rien de rien. Vidé. À peine la force de me lever de mon canapé pour venir écrire *À peine la force de me lever de mon canapé pour venir écrire,* etc.

Je n'ai plus la moindre énergie, ce rendez-vous m'a purgé de ma sève, je suis un morceau de bois flotté qui orne les salons spacieux. Mon projet a été réduit à néant en deux mots : Christian Clavier. Deux mots et puis s'en va. Deux mots et des mois de travail qui s'écroulent, implosent, sont niés dans leur existence même, à l'instar de ces athlètes qui s'entraînent quatre années durant pour les jeux Olympiques, quatre longues et laborieuses années, puis vient le jour de l'épreuve et là baisse de forme, et là claquage, et là pied qui accroche, et là main qui glisse, et là Christian Clavier.

C'est tout un pan de ma vie qui s'effondre avec ce rendez-vous. Je n'avais rien en dehors des *Servitudes silencieuses*, rien du tout, zéro plan épargne projets.

Bien sûr, il y a Aurélie depuis quelque temps, mais peut-on dire d'Aurélie qu'elle se situe en dehors des *Servitudes silencieuses* ?

Chabloz a essayé de m'appeler plusieurs fois, je fais le mort – en un sens je n'ai pas à forcer le trait. Comme un ado trahi par son amoureuse qui ne répond plus au téléphone tout en s'assurant qu'il sonne toujours. Je le laisse mijoter dans son jus, même si je sais pertinemment que mon silence ne doit pas le traumatiser outre mesure. Je m'attribue un pouvoir que je n'ai pas. Mon levier est un cure-dents. Mais je tiens malgré tout à manifester mon désaccord par le silence, par pur orgueil, c'est tout ce qu'il me reste – et encore, je fais les fonds de pots.

Au milieu de mon désœuvrement, sans trop savoir pourquoi, je me retrouve à chercher les fléchettes de la figurine Goldorak sur Internet. Je tombe sans trop de difficultés sur un lot de dix fléchettes et deux haches à onze euros sur eBay. Onze euros, en deux clics. Et le type me fait croire que c'est la quête de sa vie, qu'il est prêt à les payer à prix d'or. Voilà qui pourrait sembler anecdotique mais qui en dit long sur la superficialité du bonhomme. Un homme de surface, un homme de couche supérieure. En dessous, rien, le vide, le néant, un univers vain où seuls gravitent en orbite les seize chiffres de sa carte Gold

Business. Si je lui avais parlé de n'importe quoi d'autre dans son bureau, un tapis, un tableau, un vase, il se serait animé tout autant, il en aurait de la même manière tiré un fil qu'il aurait transformé en lasso pour m'attirer à lui comme un veau de l'année, dans une complicité montée de toutes pièces.

Henri et Hugues sont faits du même bois – du bois dont on fait les faux billets.

Ma consommation de cigarettes a explosé. Je ne compte plus, je préfère ne pas. Mauvais signe qui ne trompe pas : celle du matin m'est devenue vitale, j'ai beau essayer de la retarder, c'est ma priorité au saut du lit, première d'une longue série que je fume en décrivant des cercles dans mon salon comme un lion en cage.

Je découvre un nouveau mail de Jujulafrite, le corps du texte toujours vide, pas un mot, accompagné d'une pièce jointe intitulée *Essai4*. Je l'ouvre.

Il s'agit cette fois du visage de Louis Garrel en très gros plan, il occupe tout l'espace de l'affiche, et au milieu de son visage, comme une apparition évanescente, la silhouette de Mélanie Thierry en pied. Le visage de Louis Garrel, glané sur Internet et agrandi pour en faire un gros plan, est complètement pixellisé. Mélanie Thierry, debout, est placée pile à l'endroit de son nez, mais Jules n'a appliqué aucune transparence, de sorte que le nez de Louis Garrel semble être Mélanie Thierry. L'essai 4 : un énorme visage pixellisé avec une fille à la place du nez.

Je suis trop abattu pour répondre. Pour répondre quoi d'ailleurs ? Je ne sais plus quoi faire avec Jules. Je n'ai pas la force. Je n'ai même plus la force d'être attendri. On est moins touché par les événements extérieurs quand on n'est que matière molle, un blob absorbant. Tout s'enfonce en moi sans provoquer le moindre impact.

J'allume une nouvelle cigarette et la fume en fixant la version Mélanie-nez qui finit par avoir quelque chose de fascinant dans la laideur, comme un personnage de *Freaks* (Tod Browning, 1932).

Aurélie m'a envoyé deux textos, elle s'inquiète de mon silence. Je lui réponds *Pardon, cloué au lit par une méchante gastro*. À peine le message parti, je suis horrifié par le choix de mon alibi. Une gastro ? Avec toutes les maladies qui existent, j'ai choisi celle-là. J'écris tout de suite après *Pardon, grippe, pas gastro, correcteur orthographique*. Elle répond un adorable et bienveillant *Ooooh courage, soigne-toi bien*. Je relis ce que je lui ai envoyé et constate que mon erratum qui sent le rattrapage à plein nez est encore plus gênant que mon premier message.

Même mes textos sont des échecs.

Vendredi 21 octobre

Je feuillette les premières pages de ce journal comme on revient traîner sur les lieux de son enfance, en pèlerinage. Partagé entre sourire attendri et douleur d'un passé révolu, emmitouflé dans une nostalgie qui semble avoir traversé des siècles alors qu'il ne s'est écoulé que quelques semaines depuis ces mots que je parcours comme des hiéroglyphes anciens. Je retombe sur l'ouverture d'*Un monde sans pitié* que j'avais reproduite mot à mot. *Un monde sans pitié*. Voilà une grande histoire d'amour, certes, mais la relation entre Hippolyte Girardot et Yvan Attal ne sous-tend-elle pas le film de bout en bout ? Au fond n'est-ce pas avant tout un grand film d'amitié ? L'amitié qui continue, quels que soient les projectiles et les chausse-trappes ? Elle subsiste, elle est là, droite, immuable, elle ne courbe pas l'échine. Que dire alors des *Apprentis* (Pierre Salvadori, 1995), autre chef-d'œuvre, avec François Cluzet et le regretté Guillaume Depardieu ? Encore un classique sur l'amitié entre deux hommes qu'a priori rien ne semble rapprocher, si ce n'est une prédisposition à l'échec – trait qui lie aussi Hippolyte et Yvan. Autre point commun à ces deux films (je n'y avais jamais songé, il m'apparaît subitement en écrivant ces lignes) : dans les deux cas, l'histoire se termine par les deux amis, plus que jamais soudés malgré les épreuves, entre continuité et nouveau départ. Dans le film de Salvadori, ils se mettent à jouer au ballon dans un square, dans *Un monde sans pitié*, ils sont devant l'aéroport, assis sur le capot de leur voiture pourrie, et Hippo a cette merveilleuse phrase de conclusion *Putain, va falloir trimer encore*. Tout commence et se termine par les liens indéfectibles de l'amitié, qui restent et survivent à tout, au contraire de l'amour qui nous échappe et nous glisse entre les doigts comme un filet d'eau calcaire.

Je me repasse une litanie de films d'amitié entre deux hommes qui ont construit ma cinéphilie, dont *Jules et Jim*, *Down by Law* (même si ici ils sont trois), *Gerry* de Gus Van Sant, *Macadam Cowboy*, bien que ces deux derniers dans mon souvenir soient empreints d'une homosexualité latente, il faudrait que je les revoie. (Toute amitié forte n'est-elle pas empreinte d'une homosexualité latente ? Maverick et Iceman dans *Top Gun* ? Ben Hur et Messala s'adonnant à un duel de lancer de pilums dans la charpente de la porte d'entrée, riant à gorge déployée ?) Bref. L'amitié. Toujours.

Après tout, pourquoi pas ?

Je ne comprends pas bien à cet instant précis le sens de ce *pourquoi pas* mais il annonce un sursaut, et c'est peut-être ça le plus important. Sortir du canapé, de la cigarette de huit heures, de la tranchée circulaire du lion.

Je parcours la filmographie de Christian Clavier et suis étonné de découvrir tout un pan de son travail que je ne connaissais pas ou que j'avais oublié. Le premier film sur la liste de Wikipédia est probablement le plus étonnant : *L'An 01* de Jacques Doillon, en 1973 ! Jacques Doillon ! Certes, Clavier y tenait un rôle de simple spectateur, mais tout de même, Doillon. Et puis Diane Kurys, Tavernier, Miller, Dugowson… Et les films sociaux où il excelle dans le rôle de petit-bourgeois étriqué. *Les babas-cool*, critique de la vie en communauté très en vogue au début des années 70, disant en substance : le mouvement contestataire, c'est l'individualisme et le libéralisme avec une peau de mouton. Ou encore *Je vais craquer*, adaptation de *La course du rat* de Lauzier. (Pourquoi avoir changé le titre alors que l'original exprimait tout et était d'une poésie folle ? Quel gâchis, encore l'éclair de génie d'un producteur.) Clavier y incarne à nouveau un petit-bourgeois qui se rêve en écrivain bohème. Une peinture sociale acerbe dont je garde un souvenir plaisant. Et Clavier m'y avait, je dois dire, assez impressionné, il y est très juste. Certes son jeu s'est-il un peu embourgeoisé et empâté ces derniers temps, peut-être s'est-il rapproché de la caricature qu'il faisait de ses personnages, et la rencontre avec Jean-Marie Poiré, qui l'a ensuite orienté vers des comédies plus boursouflées, n'a pas arrangé les choses. Ou bien est-ce l'âge, tout simplement? On n'est pas le même acteur à soixante-dix ans qu'à trente. Mais on reste malgré tout la somme de tout ce que l'on a été. Ce serait quand même une sacrée gageure que de faire revenir Clavier à un registre plus grave à ce stade de sa carrière – je pense à Jerry Lewis dans *Arizona Dream* (Emir Kusturica, 1993). Ou quand le clown revient faire un dernier tour de piste pour nous émouvoir avant de tirer sa révérence.

Demain, un ami fait une petite soirée, si ta grippe va mieux et si le cœur t'en dit…

Qu'elle m'invite à la soirée d'un de ses amis me touche et m'intimide en même temps. D'autant que je ne suis pas au sommet de mon moral. Une de ces périodes où sociabiliser demande autant d'efforts que de grimper le mont Ventoux à vélo – un vélo aux pneus sous-gonflés.

Samedi 22 octobre

Après trois jours d'apathie et de désœuvrement, je décide de laisser une chance à leur proposition, non parce que Hugues me le demande mais parce qu'une forme de curiosité m'y pousse, une petite voix qui me susurre *Va voir, avance un peu, il y a peut-être quelque chose à découvrir au bout de cette piste.* Il ne sera pas dit que je laisse passer des opportunités, si peu séduisantes soient-elles de prime abord. Comme on dit : mieux vaut avoir des remords que des regrets. Je préfère mon adage à moi : un artisan est quelqu'un qui fait ce qu'il sait faire, un artiste est quelqu'un qui fait ce qu'il ne sait pas faire. Malgré tout le bien que je peux penser de l'artisanat, j'ai envie sur ce coup-là d'être un artiste, de chercher, de tâtonner, de me tromper peut-être, tout sauf un savoir-faire correctement appliqué, tout sauf l'autoroute toute tracée, et tant pis si je me retrouve sur un chemin de terre boueux et sans issue. J'ai des a priori sur Christian Clavier ? Raison de plus pour y aller.

Je fais ce que la situation me dicte, de moi-même je ne sais pas ce que je ferais. Jean-Luc Godard

J'ai travaillé trois heures de suite sans lever le nez de mon écran, comme en transe. J'ai repensé un peu mon histoire, mais finalement pas tant que ça, j'ai simplement déplacé le cadre de quelques mètres, focalisé non plus sur la séparation mais sur l'amitié qui va l'accompagner. Ariel (Kad Merad) et Marc (Christian Clavier) sont des amis de longue date, même si la vie leur a fait prendre des chemins différents : Ariel est un artiste raté sur le retour, Marc est devenu un chef d'entreprise bourgeois. Quand sa femme Christine (Fanny Ardant ? Elle y serait parfaite, et probablement ravie de retrouver ce parfum d'adultère fiévreux qui se dégageait de *La femme d'à côté* de Truffaut) lui annonce qu'elle a rencontré quelqu'un et qu'elle veut divorcer, tout l'univers de Marc s'effondre. On suit cette période à travers la relation entre les deux amis. À noter que ça n'est plus Ariel qui vit une séparation mais son ami. Je trouvais intéressant que celui à qui tout a réussi ait besoin de celui que la vie n'a pas gâté. J'ai honte de l'avouer, mais l'expérience de Yann, dont je me suis déjà servi dans ma première version, risque d'alimenter encore plus cette histoire-là. Détail amusant : moi qui me fantasmais en Ariel époque Louis Garrel, je n'en aurai jamais été aussi proche dans cette version : je suis l'Ariel de Yann, l'ami à ses côtés pour l'épauler dans cette épreuve. Ce matin, au beau milieu d'une phrase, je me suis demandé tout à coup si j'étais à la hauteur de notre amitié. Il aura fallu que je me lance dans ce scénario pour me poser la question – la réalité a parfois besoin de la fiction pour faire le point. Suis-je un bon ami ? Je l'ignore. Je crois que Yann attend des réponses que je suis incapable de lui donner, je crois qu'à l'instar des rabbins je réponds à ses questions par d'autres questions.

Je relis les nombreuses notes que j'ai accumulées sans trop savoir encore qu'en penser, je manque de recul. Elles ont le mérite de me pousser à m'interroger.

Mieux : me donnent envie d'en savoir plus. Je ne suis pas encore tout à fait sûr de mon projet mais suffisamment requinqué pour me rendre à la soirée.

Dimanche 23 octobre

Mal à la tête mais bien au cœur.

Le texto d'Aurélie au réveil m'arrache un sourire. Je ne suis pas loin de penser la même chose.

Hier soir, comme chaque fois que je ne connais personne, j'ai bu et fumé plus que de raison pour me détendre et me donner une contenance. J'essayais de me détacher d'Aurélie pour ne pas avoir l'air d'un rémora collé au ventre du requin – et accessoirement lui démontrer que je suis un être parfaitement social, tout à fait capable de tisser du lien. Je me suis retrouvé à discuter avec un de ses collègues de l'université, Bernard, qu'elle s'est empressée de venir me présenter. Remarque au passage : elle me présentait chaque fois comme un ami, *Boris, un ami*, terme générique qui ne dit pas grand-chose mais qui balise grossièrement le terrain. Pas *petit ami* (comment pourrais-je être son petit ami avec une bise échouée sur un coin de lèvres), pas *copain* non plus. Ami, voilà, ça me va. Bernard est aussi enseignant en cinéma, je n'ai pas retenu sa spécialité. Il me parle de très près, il n'a pas la notion de bulle intime – ou il en a une toute personnelle, une perception astigmate : il la voit loin alors qu'il est en plein dedans. Sa barbe broussailleuse prend tout l'espace dans ma bulle. Visiblement, Aurélie lui a déjà parlé de moi car l'une des premières choses qu'il me dit est *Alors comme ça vous travaillez avec Louis Garrel et Mélanie Thierry, c'est génial*, et avant même que j'aie rectifié, précisé que je ne suis que scénariste pour eux (ce qui est déjà faux, mais passons), il enchaîne sur une analyse de la filmographie de Louis Garrel, en des termes techniques que j'ai du mal à suivre. Puis il m'apprend qu'il organise tous les ans un festival de cinéma d'art et d'essai, il serait ravi de les accueillir tous les deux, si je peux leur faire passer l'invitation, ce serait merveilleux. Il me vend ensuite l'événement comme s'il nous fallait signer un contrat tout de suite : durant une semaine s'enchaînent projections, tables rondes, rencontres, master class. Tous les artistes qui sont venus au festival ont été ravis de l'accueil, il m'en cite quelques-uns en vrac, Alain Cavalier, Claire Denis, Dominique Blanc, Mathieu Amalric, Alain Guiraudie, Oliver Assayas, Abdellatif Kechiche, Emmanuelle Bercot, et je vois le moment où ma soirée va consister à l'écouter énumérer la liste des invités depuis la création du festival. Je m'entends lui répondre *Pas de problème, je leur ferai passer l'invitation*. Il exulte, il répète *C'est génial, toute l'équipe va être aux anges*, et je décèle dans le sourire d'Aurélie une pointe de fierté.

Aurélie et moi nous retrouvons peu après tous les deux dans la cuisine pour prendre des bières dans le frigo. Cette pièce revêt toujours une fonction particulière dans les soirées, elle autorise soudain une intimité exclue dans les autres pièces, une antichambre du rapprochement. Pour la première fois, alors même que je ne lui pose aucune question, Aurélie se met à me parler de sa vie sentimentale, elle semble avoir un peu bu elle aussi. Elle a vécu une relation qui a duré deux ans, dans laquelle elle s'était beaucoup projetée et qui s'est mal terminée, le type lui a fait un sale coup. Elle a mis du temps à s'en remettre. Elle avait alors décrété qu'elle n'était pas faite pour l'amour et s'était construit une carapace pour tenir à distance la moindre ébauche de sentiments. Elle sourit et conclut *Mais à l'ère de l'obsolescence programmée, les carapaces, c'est comme les lave-linge, c'est vite défectueux. Et la mienne doit être un truc premier prix fabriqué à Taïwan.* Je souris aussi, refusant de mesurer toute la signification de cette phrase. C'est la première fois que nous nous aventurons sur des terres autres que cinématographiques, nous sommes au milieu du grand bassin sans brassards. Un groupe entre à ce moment-là dans la cuisine et je ne saurais dire si je me sens frustré ou repêché.

À la fin de la soirée, nous nous quittons sur le trottoir, elle dépose un baiser furtif sur mes lèvres, en plein dessus cette fois, l'entraînement a porté ses fruits, puis rejoint le groupe qui doit la raccompagner. Je reste là un instant, hagard, à regarder s'éloigner la voiture.

Mal à la tête mais bien au cœur. Suivi d'un smiley qui sourit. Je panique un instant. Que répondre à ça ? J'opte pour *Pareil*, suivi du même smiley. Autant par manque de repartie que par simple honnêteté : je crois que je suis dans cet état-là aussi.

INT. CUISINE – NUIT

Marc et Ariel sont attablés, une bouteille de vodka entre eux. Ils boivent.

MARC

Après quoi je cours ? Qu'est-ce que je cherche à retrouver, au fond ?

ARIEL

Tu cherches la confirmation.

MARC

La confirmation ?

ARIEL

La confirmation que tout est derrière, que tout est passé, et que rien ne se rattrape jamais. La confirmation que tu peux enfin baisser les bras sans rien avoir à espérer.

MARC

Je cherche tout l'inverse.

ARIEL

Tu espères tout l'inverse, mais tu ne le cherches pas. Tu cherches à être sûr de ne plus y croire. Pour pouvoir enfin avancer. On n'est réellement libre que délesté du moindre espoir.

MARC

Je ne m'y résous pas… Pas après tout ce chemin ensemble…

ARIEL

Le chemin derrière toi existera toujours, rien ne l'effacera jamais. Regarde à présent celui qui s'ouvre devant.

MARC

Ariel, il n'y a rien devant moi, où tu vois un chemin ? Où tu le vois, ce putain de chemin ? Il n'y a rien, Ariel, rien, un gouffre, c'est tout ce qu'il y a devant moi ! Je suis au bout de la route ! Je cherche le pont, Ariel, le pont, même un pont de corde, un tout branlant aux planches moisies, mais un pont, sinon c'est la chute, tu comprends ça ? On en est tous là, Ariel, on cherche un pont…

La fatigue et la gueule de bois, bizarrement, me mettent dans un état propice à l'écriture. Je dis *bizarrement*, mais au fond pas tant que ça : on n'est jamais moins paralysé par l'écriture que quand on la prend de biais, par surprise, sans enjeu apparent, dans une sorte d'indifférence tranquille. Mon état cotonneux induit cette approche. On n'écrit jamais aussi bien qu'à distance. Du moins à une distance suffisante, ni trop loin ni trop près. Ma gueule de bois me place dans la focale idéale.

En me levant ce matin, j'ai été assailli de réminiscences du *Faces* de Cassavetes. La voilà, la ligne de mire, c'est dans cette énergie que je vais trouver la voie. Je veux que ma nouvelle version soit imprégnée du souffle de Cassavetes, qu'elle en porte la trace, la marque du maillot. Un hommage déguisé que seuls les aficionados relèveront. Je veux du dialogue qui sent la chemise auréolée, la déambulation et le goulot de bourbon.

J'envoie mes nouvelles idées à Chabloz, accompagnées de quelques pages de dialogues pour lui donner une idée assez précise de mon histoire et de la relation entre les deux hommes. Cette fois je ne fais aucun commentaire. J'ai disparu sans un mot, je reviens de même. L'élégance en bandoulière, l'orgueil en pendentif, grand prince.

Nous échangeons, Aurélie et moi, des messages où il est à nouveau question de cinéma, mais la toile de fond a changé. Même si les textos ressemblent à s'y méprendre à ceux d'avant la soirée, la lecture en est différente, passée au prisme du baiser sur le trottoir. Les mots sont les mêmes, mais enveloppés d'une soie chatoyante.

Lundi 24 octobre

Salut Boris,

Après notre discussion lors de la soirée, je me permets de t'envoyer ce petit message pour te confirmer officiellement mon envie d'inviter Louis Garrel et Mélanie Thierry à notre festival de cinéma d'art et d'essai.

Tout est à encore imaginer mais j'avais dans un premier temps envisagé un déroulé qui pourrait être le suivant :

– Projection de La jalousie *de Philippe Garrel (avec Louis Garrel) et de* Pour une femme *de Diane Kurys (avec Mélanie Thierry).*

– Rencontre en public animée par mes soins.

– Séance dédicace/rencontre avec les spectateurs.

– Soirée/repas avec les autres invités et les instances du festival.

Qu'en dis-tu? Je te joins d'ores et déjà l'invitation à leur transmettre, ainsi qu'un bref aperçu des éditions précédentes.

Dis-moi.

Bien à toi,

Bernard

Aurélie lui aura donné mon adresse mail. Il n'a pas perdu de temps. Je ne m'attendais pas à ce que notre petite discussion débouche sur quelque chose de concret. Si je ne réponds pas tout de suite, ce message va me hanter, s'agglomérer en une boule de poussière mentale et m'empêcher d'avancer. Mais je ne peux tout de même pas lui faire croire que j'ai transmis l'invitation. Existe-t-il un stade, ou une dimension, où l'accumulation de mensonges engendre une nouvelle vérité? Je décide de garder le silence. Après tout, je n'ai rien demandé. Je répondrai plus tard, ne serait-ce que par rapport à Aurélie.

Dans l'attente d'un retour de Chabloz, je continue d'avancer dans mon scénario. J'y prends de plus en plus de plaisir. Peut-être avais-je plus besoin de raconter une histoire d'amitié qu'une histoire d'amour. Peut-être mon histoire d'amour n'était-elle qu'un prétexte pudique et inconscient pour raconter une histoire d'amitié. C'est un peu tiré par les cheveux, mais qui sait les subterfuges dont doivent user les non-dits pour mettre la tête hors de l'eau.

Mardi 25 octobre

En allant acheter des cigarettes, j'ai croisé par hasard Martine.

Au fait, bilan de parcours : je suis à un paquet par jour. Je ne voulais pas compter, politique de l'autruche, la tête enfoncée dans la nicotine, mais la fréquence métronomique à laquelle je me rends au tabac du coin laisse peu de place au doute : un paquet donc. Moi qui ne fumais que trois à cinq cigarettes par jour. Mais je sais que ce nombre va à nouveau baisser dès que mon projet sera stabilisé. Ma consommation est directement indexée sur l'état de mon scénario. Quand je serai sur des rails, l'esprit serein, mon corps ne me réclamera plus ni calmant ni palliatif.

Donc, en allant acheter des cigarettes, j'ai croisé par hasard Martine. Quand elle m'a vu, elle a d'abord été surprise puis m'a presque sauté dans les bras, je l'ai sentie très émue. Elle a pris mes mains dans les siennes, m'a lancé un regard profond et m'a dit *Je voulais te remercier pour tout ce que tu fais pour Jules. C'est un chouette gamin, tu sais, et il est un peu perdu au milieu de tout ça… C'est adorable de lui donner cette chance, tu peux pas savoir comme ça lui fait du bien de travailler pour toi…* Je me suis senti vaciller. Un poids énorme s'écrasait sur mes épaules. Travailler pour moi, c'est donc ça, Jules travaille pour moi.

Je voulais t'écrire pour te remercier mais… Je n'osais pas… C'est difficile, un divorce, on devient parano, tous les gens qui nous entourent sont perçus comme partie prenante de l'un des deux camps, on les suppose soit dans l'un, soit dans l'autre… Bien sûr, c'est faux, mais tout est biaisé dans ces périodes-là… Je sais que tu es proche de Yann, je sais que tu es là pour le soutenir dans cette épreuve, pour ça aussi je te remercie, mais je ne me sentais plus le droit de te contacter, tu comprends ?… Je ne voulais pas violer votre espace, je ne sais pas si je suis claire… Je lui ai confirmé qu'elle était claire. Elle m'a répété une fois de plus qu'elle était très touchée que j'aie trouvé un travail à Jules – de mieux en mieux, maintenant je lui avais trouvé du travail.

Nous avons échangé quelques mots, pris de nos nouvelles respectives. Elle va plutôt bien, je peux venir prendre le café quand je veux, elle est en train de suivre une formation pour devenir ergothérapeute. Quant à moi, mon scénario avec Louis Garrel et Mélanie Thierry avance bien, je suis content.

En rentrant, je me suis jeté sur mon ordinateur pour retranscrire mot à mot ce qu'elle m'avait dit, la parano, le choix d'un camp, les parties prenantes, l'humanité divisée en deux, j'ai extrapolé, j'ai improvisé un monologue où il est question de deux équipes et de supporters dans des gradins. Toujours ce sentiment partagé entre la satisfaction d'un dialogue réaliste et ciselé et cet arrière-goût amer d'avoir pillé un morceau d'existence. L'impression un instant d'être Jack l'Éventreur qui vient de dépecer sa victime dans un coin sombre de Whitechapel.

Mercredi 26 octobre

Cher Boris,

J'étais sûr que cette piste vous siérait à merveille ! J'ai littéralement été embarqué par la nouvelle tournure que prend notre petite histoire ! On s'attache à ce duo et, ne nous mentons pas, les liens d'amitié masculine sont des liens qui nous parlent.

Je me suis permis de faire suivre votre dernière version à nos amis et, sans surprise, ils sont conquis par cette orientation ! Félicitations. Ils suggèrent toutefois une piste qui, ma foi, mérite réflexion.

Je vous copie-colle le message d'Henri, ce sera plus simple :

« Merveilleux !

Mais n'est-ce pas dommage d'avoir sous le pied deux Rolls-Royce de la comédie sans que ce soit exploité ? C'est presque du gâchis. L'idéal serait, sans dénaturer le projet, d'y injecter un peu de comédie. L'histoire n'en sera que plus forte, la Commedia dell'arte, du rire, des larmes, la vie. En ces temps maussades et anxiogènes, je crois que le public a aussi envie de rire. Ils ont du mal à revenir dans les salles, c'est aussi notre rôle de les convaincre, de susciter leur désir.

H»

Je vous laisse réfléchir à ce petit pas de côté, qui ne changera en rien notre histoire et qui, j'en suis convaincu, renforcera en creux les scènes plus poignantes par effet de contraste.

Je vous le dis et vous le répète : on va faire un beau film.

Bien à vous,

Jean

Injecter de la comédie ? Injecter de la comédie dans une histoire de séparation, une histoire de divorce dans laquelle l'une des deux parties est à genoux, exsangue, prête à tout moment au pire parce que la vie lui est devenue irrespirable ? Pourquoi ne pas injecter de la comédie dans *Elephant Man* ? Pourquoi ne pas injecter de la comédie dans *In the Mood for Love* ? Dans *Nuit et Brouillard* ? Dans *Shoah* de Lanzmann ? Après tout, allons-y, faisons revenir les gens dans les salles, injectons de la comédie, youpi tralala. Et quel verbe hideux, *injecter*, comme on injecte du botox dans un épiderme vieillissant pour le faire paraître plus pimpant. Non, monsieur Henri, non au lissage, je veux de la ride, je veux de la crevasse du cratère de la faille à tout va, je n'injecterai rien du tout, et si vous n'avez toujours pas compris, je viendrai la nuit inscrire en lettres rouges à la bombe sur les murs de votre villa, somptueuse à n'en pas douter, *injections = déjections.*

Et pourquoi ne m'a-t-il pas écrit directement à moi maintenant qu'il a mon adresse ? Quel besoin avait-il de passer par Chabloz si ce n'est pour me témoigner une forme de mépris, comme si je n'étais devenu au fil des étapes qu'un simple exécutant – *et dites à votre palefrenier de mettre un peu de comédie, je vous prie, ça pue la mort là-d'dans.*

Je commence à écrire à Chabloz puis, sur un coup de tête, décide plutôt de l'appeler. Évitons de perdre du temps en tournures ampoulées, je ne suis pas amateur du téléphone mais il faut parfois se faire violence, ne pas toujours se réfugier derrière l'écrit, se frotter aux vrais mots, ceux de la vraie vie.

Je viens de raccrocher. Je n'aurais pas dû appeler, je connais ma lâcheté naturelle, je suis beaucoup plus virulent à l'écrit que de vive voix. J'ai été mielleux. Voilà, mielleux. Mielleux et consensuel. C'est un loup qui a composé le numéro, c'est un agneau qui a raccroché. Au fur et à mesure de la discussion, la transformation de l'un en l'autre s'est opérée sans que je n'y puisse rien faire. Je m'entends encore lui dire *Jean, je crains d'être incapable d'injecter de la comédie dans une histoire pareille.* Je crains d'être incapable. Gnagnagna. Sombre idiot. À peine ne me suis-je pas excusé de mon incompétence. J'aurais dû lui dire *Niet.* J'aurais dû lui dire *Pire idée du siècle.* J'aurais dû lui dire *Chacun son métier et les vaches seront bien gardées.* Mais après tout, qu'importe la formulation, il a compris mes réserves et a promis de les communiquer sur-le-champ à Laurel et Hardy. Bien. Si l'approche agneau dégoulinant fonctionne, si l'aveu d'impuissance les fait changer d'avis, ça me va aussi. Seul le résultat compte. Quoique je me sente un peu touché dans mon orgueil d'avoir improvisé un argumentaire fondé sur mes limites : bien sûr que je suis capable d'injecter de la comédie, il n'est pas question de capacités, il est simplement question de cohérence. Le projet ne s'y prête pas, voilà tout, voilà ce que j'aurais dû dire. Le retour du loup après la bataille.

Je passe ma vie à refaire le match sans jamais l'avoir joué.

Je me replonge dans ma zone de confort en échangeant quelques messages avec Aurélie. Comme si mon incompétence à l'oral se devait d'être aussitôt rééquilibrée par des mots que je soupèse et maîtrise. Nos échanges sont toujours aussi chastes, presque anecdotiques. Je ne parviens pas à savoir si c'est par jeu ou par timidité. À croire que nous ne sommes capables d'intimité que dans le cocon d'une cuisine – ce qui, dans une relation de long terme, peut très vite devenir problématique.

Jeudi 27 octobre

Nous avons déjeuné tout à l'heure avec Yann dans une brasserie près de chez lui. J'ai remarqué que la serveuse lui lançait des regards si ce n'est enjôleurs, tout du moins charmés, et m'est apparu cet axiome que l'on est toujours attiré par ceux qui ne veulent plus attirer personne. C'est quand on lâche la rampe de la séduction qu'on est le plus séduisant. Et Yann l'a bien lâchée, il en oublie même parfois les simples convenances, commandant son couscous sans même regarder la fille, sur un ton qui semble dire *Ça ou autre chose, de toute façon ça finira en excréments*.

Je lui annonce que j'ai croisé Martine par hasard. J'ai longtemps hésité avant de le lui dire. J'avais peur de réactiver des choses. Et puis finalement, réactiver quoi? Comme si Martine ne lui occupait pas déjà l'esprit du matin au soir et du soir au matin. Je suppose qu'elle a dû instiller en moi ce sentiment de camp et d'équipe : inconsciemment je craignais que Yann se dise que je pactise avec l'ennemi, que, la nuit, je passe les lignes de front en toute discrétion pour la rencontrer et lui communiquer des informations confidentielles. Comme je le prévoyais, son œil s'éclaire soudain d'une lueur nouvelle. *Elle allait bien ?* Quand un homme en plein divorce pose ce genre de question, il attend (espère de toutes ses forces) que la réponse soit *Ben écoute, je lui ai trouvé une sale tête, elle avait l'air fatiguée, je crois qu'elle a un peu de mal en ce moment.* Je me contente de lui dire qu'elle avait l'air d'aller bien et qu'elle aussi m'a remercié pour Jules. Il sourit, de ce sourire un peu mélancolique qui l'anime chaque fois que le prénom de son fils est prononcé. *À ce propos, il travaille bien ?*

Avant de partir, j'ai vu dans ma boîte mail un nouveau message de Jujulafrite, accompagné d'une pièce jointe, *Essai5*, que j'ai ouverte rapidement. Il a cette fois pris le parti de mettre l'accent sur le titre. *Les servitudes silencieuses* occupe tout l'espace sur l'affiche. L'idée est assez élégante. La sobriété poussée à son paroxysme, pourquoi pas ? Sauf que. Sauf que, en lieu et place du premier *e* de *servitudes* et du deuxième *e* de *silencieuses*, il a inséré les visages de Louis Garrel et de Mélanie Thierry. De sorte que j'avais l'impression de me trouver face à l'une de ces affiches de nanars des années 80 avec Jean Lefebvre ou Aldo Maccione. Mais à la place des visages hilares de Jean Lefebvre ou Aldo Maccione se trouvaient ceux fermés et tourmentés de Louis Garrel et Mélanie Thierry. Le message délivré était assez perturbant pour ne pas dire confus. Sans compter que notre cerveau interprète automatiquement un visage à la place d'une lettre comme un *o*. Mon titre devenait ainsi *Les sorvitudes silenciouses*.

Je lui dis *Oui, il travaille bien, il a beaucoup de talent*. Jules est tout ce qui les fait tenir, Martine et lui, je n'ai aucune envie de scier les fondations de leur fragile équilibre pour une histoire d'affiche de Jean Lefebvre.

Nous parlons du projet d'ergothérapeute de Martine, *C'est une bonne idée, ça l'a toujours intéressée, c'est bien qu'elle se lance enfin*. Il dit tout ça avec un air triste. Quand il me demande de mes nouvelles, je lâche sans l'avoir vraiment prémédité *Je vois quelqu'un*. Il me fixe une fraction de seconde sans la moindre réaction, temps suspendu que j'attribue aussitôt à la polysémie de ma formule, qu'on peut traduire indifféremment par *J'ai une aventure amoureuse* ou par *J'ai entamé une psychanalyse*. Je m'empresse de préciser *Elle s'appelle Aurélie, on s'est rencontrés à ta soirée d'anniversaire, tu as dû la croiser, c'était l'amie d'un ami à toi*. Il semble heureux pour moi, alors que je suis, moi, perturbé par cette annonce. Je viens de dire à Yann quelque chose que je ne m'étais même pas formulé à moi-même.

Comme si je lui offrais un paquet cadeau sans savoir ce qu'il contient. Le fait de l'oraliser concrétise cette relation, la rend réelle. En l'annonçant à Yann, je me l'apprends en direct. Ah oui, ainsi donc je vois quelqu'un. Ça alors !

Vendredi 28 octobre

INT. COMPTOIR DE BAR – SOIR

ARIEL

Au fait, Marc, j'ai croisé Christine hier...

MARC

Quoi ?? Tu l'as croisée où ? Elle faisait quoi ?

ARIEL

Dans la rue, j'allais au tabac acheter des cigarettes, on est tombés nez à nez sur le trottoir...

MARC

Vous avez parlé de quoi ? Elle t'a dit quoi ? Comment elle allait ?

ARIEL

Elle avait l'air d'aller plutôt bien...

MARC

... Mais de quoi vous avez parlé ?

ARIEL

Ça a été très bref, tu sais, comment ça va, ce genre de choses, elle m'a demandé de tes nouvelles...

MARC

De mes nouvelles ? Elle t'a demandé de mes nouvelles ? Elle peut pas me les demander à moi ? Elle a perdu mon numéro ? Mais de quoi vous avez parlé ? Raconte !

Je relis le passage que j'ai écrit hier et je file à la douche. J'ai rendez-vous tout à l'heure avec Aurélie. Elle a proposé d'aller au restaurant. Au restaurant, quelle idée saugrenue. Mais je ne voyais aucune raison valable de refuser. Avant d'éteindre mon ordinateur, je regarde quelques photos de John Cassavetes sur Internet. Pile là, j'ai besoin d'un totem, d'un modèle, d'un héros à qui m'identifier pour me donner du courage. Ce soir, je suis John Cassavetes. C'est ça l'idée. Je tente un regard devant le miroir du salon, un regard John Cassavetes. Je porte une cigarette imaginaire à ma bouche à la John Cassavetes, avec un détachement tranquille de John Cassavetes, dans des gestes lents de John Cassavetes.

Je fais le plein de confiance à la pompe.

Samedi 29 octobre

Il est dix heures et je viens de rentrer chez moi.

Par où commencer ?

Aurélie et moi avons mangé au restaurant et je n'avais pas été aussi stressé depuis longtemps. C'était la première fois que nous mangions ensemble, tout du moins officiellement attablés, avec des assiettes, un menu, face à face, statiques. Rien n'est moins impudique que de partager un repas. Je conscientisais le moindre de mes mouvements de mastication comme je le faisais, adolescent, avec mes pas lorsque je rentrais de soirée, ivre, chez mes parents et voulais paraître tout à fait sobre. Heureusement, ivre, je l'ai été assez vite hier. Après quelques verres de vin, tout s'est allégé, j'ai adopté un flot de paroles plus naturel, John Cassavetes, qui s'était absenté pour aller aux toilettes, a réintégré mon enveloppe. Nous avons, comme à notre habitude, discuté cinéma. Je n'ai jamais rencontré quelqu'un d'aussi passionné qu'Aurélie, elle pourrait ne parler que de ça. Le vin la rendant elle aussi d'humeur légère, elle essayait d'en savoir plus sur mon scénario, voulait que je lui dévoile des extraits entiers, elle était taquine, jouait à *tu réponds juste par oui ou non*. Un instant, une pensée m'a assombri : que se passerait-il si je lui annonçais, là, comme ça *En fait Louis Garrel et Mélanie Thierry ont été remplacés par Kad Merad et Christian Clavier, et on m'a demandé de, je cite, injecter de la comédie.* Pensée que j'ai chassée d'une gorgée de vin. Nous nous sommes amusés un instant à trouver des acteurs pour les rôles secondaires en fonction des éléments de l'histoire que je voulais bien lâcher. C'était un moment très gai.

Après le repas, elle a proposé que nous allions chez elle regarder un film. J'étais un peu pris au dépourvu face à sa proposition mais assez ivre pour l'accepter sans trop réfléchir.

Elle vit dans un petit appartement sans prétention rempli de DVD, posters et affiches de cinéma dans tous les coins. Au-dessus du bar trône une immense affiche d'*À bout de souffle*, Jean Seberg dans le lit, Belmondo penché au-dessus d'elle, tous deux beaux comme des dieux. Elle a glissé le DVD de *L'homme fidèle*, de et avec Louis Garrel, dans le lecteur et nous nous sommes installés sur le canapé, un verre de vin à la main. Très vite je me suis senti mal à l'aise – John Cassavetes était retourné aux toilettes. Elle décortiquait chaque scène, soulignant les points forts du jeu de Louis Garrel, expliquant sur quel terrain il faudrait que je l'amène pour tirer le maximum de son talent, mettant parfois le film sur pause, s'exaltant sur l'image en arrêt, *Tu vois là, ce regard, c'est ça le regard Garrel, c'est ça que tu dois aller chercher*, et j'acquiesçais à chacune de ses remarques d'un air pénétré comme si je prenais des notes mentales. Puis, sans que je l'aie vu venir, elle s'est jetée sur moi pour m'embrasser. Les choses se sont précipitées et nous nous sommes retrouvés allongés sur le canapé, ôtant maladroitement les vêtements de l'autre, le film toujours en fond – alors qu'elle enlevait mon tee-shirt, Louis Garrel a dit *Si je couche avec elle, est-ce que ça veut dire que je dois vivre avec elle?* comme si mon subconscient prenait les traits de Louis Garrel pour s'adresser à moi. À ce moment-là Aurélie m'a murmuré dans le creux de l'oreille *Mon Louis, je suis ta Mélanie, fais de moi ce que tu veux*. Cette phrase m'a tétanisé. Il a fallu que je me concentre très fort pour en faire abstraction et éviter de visualiser des ébats entre Kad Merad et Christian Clavier. Elle l'a répétée à plusieurs reprises, selon plusieurs variations, *Mmm, Louis, que ta peau est douce* ou bien *Mmm, tu lui fais de l'effet à ta Mélanie*. J'imagine qu'elle attendait que je rebondisse, que je lui réponde quelque chose comme *Oui, je suis ton Louis, tu aimes ça hein, ma petite Mélanie, que je sois ton Louis*, mais j'étais paralysé, j'avais peur de tout gâcher en déclamant une phrase qui aurait sonné faux. Je crois m'être contenté d'un *D'accord* pas très érotique mais qui n'a pas eu l'air de la perturber.

Je me suis réveillé dans son lit avec la migraine et une place vide à côté de moi. Elle était partie à la fac et m'avait laissé un petit mot.

Je bois mon café en essayant de me refaire le film de la soirée, recomposer le puzzle. Sensation douillette en même temps qu'un vif sentiment d'imposture. Aurélie s'est attachée à un Boris qui n'est pas moi, un Boris sublimé, celui que j'aurais aimé être et ne suis qu'à travers ses yeux – mais au fond, n'est-ce pas la définition même du sentiment amoureux ? Voir l'autre comme on veut qu'il soit ? Et puis un jour le filtre ne fonctionne plus, *obsolescence programmée* comme elle dit, hop, poubelle. En attendant, nous marchons elle et moi sur une planche posée sur des sables mouvants et la question est de savoir à quel moment elle va s'enfoncer et si on va arriver au bout avant de finir au fond.

Je décide de ne pas y penser pour l'instant et allume une cigarette. À chaque jour suffit sa peine, à chaque jour son pas sur la planche.

Dimanche 30 octobre

Aurélie et moi échangeons quelques messages sans grande teneur qui ont le don de me donner le sourire. Je lui réponds tandis que Yann est accroupi devant un étal, occupé à scruter un objet sans âme. J'évite de me faire surprendre, comme un enfant en plein acte répréhensible. Il se décide pour une horloge murale en plastique blanc, sobre et pas très jolie, qu'il considère d'un œil distant. Il m'apprend qu'il est allé reboire un café avec Nancy. Elle l'a invité à manger un de ces soirs au restaurant. Je lui dis que c'est bien, qu'il doit penser à lui. Il me dit *Justement, si je pensais à moi, je n'irais pas* et ajoute en regardant son horloge *Il faut savoir distinguer ce que l'on désire vraiment de ce sur quoi on se rabat par dépit* et je ne sais s'il parle de Nancy ou de l'horloge.

Je repère quant à moi une biographie de Fritz Lang à un prix dérisoire qui pourrait intéresser Aurélie, mais je suppose qu'elle l'a déjà. Et le livre de Rohmer est encore dans mon sac. Je vais peut-être éviter de remplir mon sac de livres que je n'ose pas lui offrir.

Lundi 31 octobre

Cher Boris,

Tout va pour le mieux dans le meilleur des mondes ! Nos amis proposent de partager un déjeuner pour parler de notre beau projet. Est-ce que demain vous conviendrait ? J'ai bien conscience que c'est un peu court pour s'organiser et que, de plus, c'est un jour férié, mais ils ont une fenêtre de tir qu'à mon avis il ne faut pas louper si l'on souhaite que le projet avance. Si vous pouviez vous libérer, ce serait merveilleux. Dites-moi.

Bien à vous,

Jean

Un déjeuner professionnel. Le spectre des rognons refait surface. Mais à présent je suis rodé. Et je connais les énergumènes, ils ne bénéficieront pas cette fois de l'effet de surprise. Je sais qu'ils vont revenir à la charge concernant cette idée d'*injecter de la comédie*. C'est de bonne guerre. Mais je vais prévoir des munitions. Je vais travailler mon oral comme l'étudiant appliqué que je fus jadis. Je comprends votre idée, et elle est légitime avec deux acteurs comme ceux-là, mais ne risquons-nous pas, en injectant de la comédie, de perdre l'essence même du projet, de relâcher un fil pour ne jamais plus parvenir à le tendre ? Ce genre d'arguments. À affiner, bien entendu. Le cas échéant, je peux céder sur une ou deux scènes, après tout je ne suis pas obtus, un humour de désespoir peut très bien trouver sa place dans certains passages. Même dans ses films les plus noirs, Woody Allen a toujours glissé quelques bons mots sans pour autant nous sortir de l'histoire. C'est jouable. Je prévois une marge de manœuvre, j'emplis ma besace de verroterie à marchander.

Si vous pouvez vous libérer. Je me demande comment Chabloz imagine ma vie pour soupçonner une seconde que je pourrais être pris pour le déjeuner demain. Je me retiens de lui répondre *Ça tombe bien, mon déjeuner avec les frères Dardenne est annulé, ils sont bloqués dans le Thalys*, mais nous ne sommes pas encore assez proches pour que je me permette ce type de saillies.

Mardi 1er novembre

Que la force de Mélanie et Louis soit avec toi. Je frémis en lisant son message. Comment lui dire que son gimmick-amulette semble en réalité me porter malheur – du fait même de son contenu ? Je la remercie et file à mon rendez-vous.

Je rentre tout juste du restaurant. Entrevue qui a signé l'arrêt de mort de notre projet. Au moins cette fois les choses sont claires. Je suis complètement abattu, encore sous le choc, mais je sais que je vais très vite passer au stade salvateur de la colère, ça n'est qu'une question de jours.

Je n'en reviens toujours pas.

Reconstitution des faits – peut-être les coucher par écrit me permettra-t-il de comprendre ce qui s'est passé, mais j'en doute.

Chabloz et moi sommes déjà attablés quand Laurel et Hardy arrivent avec un peu de retard. Ils s'excusent, s'installent et commencent à parler de tout sauf de ce qui m'occupe. Ainsi j'apprends que cet établissement est tenu par un Aveyronnais qui a fait ses armes dans un petit restaurant près de

Villefranche-de-Rouergue avant de s'installer ici. Toujours ce besoin d'entrer dans la conversation par la porte provinciale. Hugues nous conseille de prendre les tripoux et rien que le nom me donne la nausée. Quand le garçon vient prendre la commande, ils optent tous trois pour les tripoux, je fais de même.

Ils finissent par en venir au sujet. Ils ne tarissent pas d'éloges sur ma dernière version du scénario. L'aisance avec laquelle j'ai remodelé mon texte leur confirme qu'ils ont eu raison, on voit que je me sens proche de mes deux personnages, que je les comprends, que je les aime, la relation entre les deux hommes est vraiment très forte, bravo. Un instant, je dois l'avouer, leurs louanges parviennent à m'endormir – le serpent du *Livre de la jungle* en deux exemplaires.

C'est là qu'arrive la seconde partie de l'exposé. Car, et je devrais y être habitué maintenant, les compliments annoncent toujours une suite, moins digeste. Technique vieille comme le monde. Ma mère me donnait toujours du jambon pour faire passer les épinards.

Jean nous a fait part de vos difficultés à vous glisser dans le registre de la comédie, ce que je comprends tout à fait. Tout le monde n'a pas la même grammaire, votre écriture à vous est plus poétique, et j'adore ça, chacun de vos dialogues est un poème, non, vraiment, je suis votre premier fan… À ce stade, je veux déjà protester. Me glisser dans le registre de la comédie ? Il n'a jamais été question de ça. Hugues poursuit. *Aussi nous sommes-nous assis, Henri et moi, autour d'une table pour ce que nous appelons notre petite tambouille* (ils sourient tous deux à ce mot et se regardent comme un vieux couple). *Nous procédons souvent ainsi quand un auteur a un petit blocage, c'est notre rituel, café sur café et brainstorming. Et autant vous dire, sans nous vanter, que quand nous nous y mettons, nous parvenons à dégripper n'importe quel type de situation. Donc voilà, écoutez ça : Marc, Christian Clavier, est un gros industriel dans un domaine à déterminer. Sa femme demande le divorce et cherche à le plumer, là on vous laisse toute latitude sur le pourquoi du comment, a-t-elle découvert qu'il l'a trompée ou s'agit-il simplement d'un soupçon infondé ? À vous de voir. Un soir, alors qu'il rentre tard du bureau avec sa voiture, Marc tombe sur un type au milieu de la route, un type totalement nu. Il s'agit d'Ariel, Kad donc. Et notre trouvaille, tenez-vous bien : Ariel est un extraterrestre qui ne sait plus comment repartir sur sa planète. Au début, Marc n'a que mépris pour cet olibrius, mais peu à peu ils vont apprendre à se connaître, à s'apprivoiser. Marc l'affuble d'un costume-cravate et le fera passer pour un nouvel employé de sa boîte, avec tout ce que cette situation implique de décalages et de quiproquos. Ensemble, ils vont tenter de déjouer les plans machiavéliques de la femme de Marc. Lui qui était un patron cynique et sans grands sentiments apprendra paradoxalement, aux côtés d'Ariel, un non-humain, des valeurs d'humanité et de tolérance, Ariel représentant la figure de l'étranger qu'il apprendra à aimer.* Avant même que j'aie pu réagir, Henri enchaîne. *Et ça n'est pas tout ! Petite cerise sur le gâteau, Ariel a un pouvoir très particulier qui va leur servir, notamment, à s'introduire dans l'entreprise de son épouse pour récupérer des papiers compromettants concernant le divorce : quand Ariel pète, tout autour de lui se fige, les gens sont comme statufiés, sauf Marc. Je vous laisse imaginer tout le potentiel comique d'un tel pouvoir.*

Tous éclatent de rire, y compris Chabloz, que je n'avais jamais vu rire de la sorte.

Je suis abasourdi. Je ne suis pas bien sûr de comprendre la situation. La sensation que tout m'échappe, mon histoire, mon projet, ma vie. Au milieu du brouillard mental qui m'enveloppe, je parviens à ânonner *Mais ça n'a plus rien à voir avec mon histoire…* Ce à quoi Hugues, reprenant subitement son sérieux, répond *Ah, mais je ne suis pas d'accord ! Il s'agit toujours d'une histoire d'amitié forte sur fond de drame conjugal. Simplement il nous semblait nécessaire, compte tenu des deux poids lourds de la comédie que nous avons là, de la traiter sous une forme plus ludique. Mais ne vous y trompez pas, le cœur du sujet reste exactement le même, nous sommes très attachés à votre trame, elle nous plaît énormément.* Là, Henri intervient à nouveau *Et puis on se disait aussi que ce serait bien qu'Ariel l'extraterrestre ait l'accent marseillais, ça apporterait une petite touche de comédie et de soleil et décentrerait un peu notre histoire, les gens en ont marre des films parisiens avec des Parisiens, la province a besoin de pouvoir s'identifier aussi.*

Je m'en veux de n'avoir pas quitté la table. J'aurais dû le faire. Pour marquer ma désapprobation. Pour le geste. Pour l'honneur. Quitte à reprendre le débat sereinement plus tard. Au lieu de ça, corseté dans une politesse maladive qui aura pourri ma vie entière, je suis resté jusqu'au bout, buvant comme on dit le calice jusqu'à la lie – et jamais je n'aurai à ce point éprouvé physiquement cette expression. Me contentant de donner le change. Le minimum syndical de présence en guise de rébellion. Résistance de neurasthénique. N'importe qui à ma place aurait renversé la table, les tripoux auraient valsé de toutes parts comme autant de boulets de canon, provoquant les hurlements des clients aux tables voisines – *Tiens, tu en veux du scénario de comédie? Un jour, sans raison, tous les tripoux du pays se mettent à prendre vie et à attaquer les êtres humains, c'est un soulèvement général, ils comptent bien prendre la place des hommes pour bâtir une nouvelle société.* Voilà, putsch minable. Putsch à retardement, cette conviction profonde chaque fois renouvelée. *OK, je ne dis rien pour l'instant mais vous allez voir ce que vous allez voir, les gars, quand tout ça sera calmé, on va solder les comptes.* Et bien sûr ils ne le sont jamais. L'ardoise de mes comptes non soldés se mesure en hectares.

Non seulement je n'ai rien dit mais j'ai mangé mes tripoux.

Je me repasse en boucle le pitch de Laurel et Hardy. Pour me convaincre que j'ai bien entendu, que je n'ai pas rêvé cette scène du restaurant. La répétition me met mal à l'aise mais je continue de décortiquer leur discours par une sorte de masochisme que je ne m'explique pas.

Les servitudes silencieuses*: un grand industriel devient l'ami d'un extraterrestre qui pète.* J'ai beau me redire cette phrase pour essayer d'en comprendre le sens et la raison d'être, la décrypter, je n'y parviens pas. Je me trouve face à une abstraction. Un infrason, un ultraviolet, de l'imperceptible, de l'indéchiffrable. L'idiome d'un pays lointain. *Et quand il pète, tout autour de lui se fige.* J'allume une autre cigarette – depuis le rendez-vous, chaque cigarette me sert à allumer la suivante. Je suis allongé sur mon canapé, l'ordinateur sur mes cuisses, envoyant des volutes au plafond. *Un extraterrestre à l'accent marseillais qui* *pète.* En boucle. Je ne parviens toujours pas à assimiler cette phrase.

Jeudi 3 novembre

Aurélie s'inquiétait à nouveau que je n'aie pas répondu à ses derniers textos. Et pour cause, j'étais sur le canapé, occupé à regarder le plafond en fumant des cigarettes des heures durant. (Je me rends compte que je n'ai pas pris de douche depuis le rendez-vous.) Je lui ai répondu, au fond du désespoir, n'ayant même plus de force pour le travestissement *Désolé, le rendez-vous m'a un peu vidé, petit souci de casting.* Deux secondes après, le téléphone a sonné. Voir apparaître son prénom sur l'écran m'a fait bondir. Jamais nous n'étions passés par ce canal de communication. Soit nous échangions des SMS, soit nous nous rencontrions. Jamais cette sorte de ligne médiane que constitue la discussion téléphonique et qui me fait froid dans le dos. J'ai hésité un instant puis décroché. C'était la première fois que j'entendais sa voix au téléphone, il me semblait la découvrir, à la fois lointaine et très proche. *Qu'est-ce qui se passe? Raconte-moi.* J'ai minimisé, rien de grave, ils essaient simplement d'imposer dans le rôle du père quelqu'un que je n'imaginais pas. *Qui ça?* Là je suis pris au piège de mon improvisation.

Je lâche totalement au hasard *Francis Huster*. Sa voix monte subitement en volume et dans les aigus, *Quoi ?! Huster, le père de Louis Garrel ?? Mais ils ont de la merde dans les yeux ou quoi ? Comme tu me l'as décrit, c'est tout sauf Huster ! Ils l'ont eu où, leur diplôme de producteur ? Dans un Kinder ?? Bats-toi, c'est ton projet, personne ne doit décider pour toi, l'artiste est le seul à savoir ce qui est le mieux pour son projet. Tu leur dis :* Francis Huster dans le rôle du père c'est non, point barre. *C'est toi qui décides, Boris, personne n'a à t'imposer quoi que ce soit. Tu dois maîtriser le moindre détail. Je te fais confiance pour leur clouer le bec, je sais que tu peux le faire.* Je lui ai répondu *Oui, bien sûr, je vais le faire.* Je suis sorti de sa tirade plus épuisé qu'après un marathon.

Je sais que tu peux le faire. À force de donner une image héroïque, on vous prend pour un héros. Tout se paye.

Après avoir raccroché, je me suis enfoncé plus encore dans les tréfonds de mon canapé, à ce rythme je vais finir dans celui de mes voisins du dessous.

Vendredi 4 novembre

Bonjour Boris,

Dans le cadre de notre festival de cinéma d'art et d'essai, je commence à réfléchir à la forme que pourrait prendre le plateau et m'interroge sur le thème de la rencontre entre Mélanie Thierry et Louis Garrel. J'hésite entre plusieurs pistes. Dis-moi laquelle te semble la plus judicieuse/pertinente. L'idéal serait que je puisse connaître l'avis/envie de nos deux invités, si tu as la possibilité de leur faire passer les thèmes.

Je te propose :

– Réalisme/réalité : le cinéma a-t-il intérêt à créer une esthétique intégrante de la réalité ?

– Cinéma et société, ou comment les formes de l'engagement prennent corps dans des dispositifs matériels qui en assurent la diffusion, la circulation et la performativité dans différents espaces sociaux.

– Chemins narratifs et convocation des représentations téléologiques et des archétypes jungiens.

Les trois me conviennent et déboucheront à n'en pas douter sur un débat passionnant.

Dis-moi ton sentiment.

Bien à toi,

Bernard

J'allume une autre cigarette et continue de consulter ma messagerie. Un autre mail, de Chabloz celui-là.

Mon cher Boris,

Voyons-nous. Un café dans l'après-midi si vous êtes disponible ?

C'est la première fois que Chabloz m'écrit un mot avec aussi peu de forme. Sa brièveté dégage, je ne saurais dire pourquoi, une sorte de sincérité inédite. Débarrassée de toute formule, des phrases à l'os, d'homme à homme. Enfin. Je comprends à quel point c'est ce qui me manque dans ce périple : de l'humain. Chabloz, que j'avais perçu au départ comme une sorte de père de substitution, avec son côté simple et provincial, s'était peu à peu évaporé dans les limbes des rendez-vous à répétition. Je le retrouve dans ce message, suffisamment pour répondre à son invitation. J'écrase ma cigarette et lui réponds. L'injonction *Voyons-nous* transpire l'envie, l'urgence, le rejet soudain de toute convention, et voilà précisément ce dont j'ai besoin.

Je ne sais plus quoi penser.

La sensation que deux armées s'affrontent dans mon crâne, une bataille napoléonienne, des milliers de figurants et de la poussière. Beaucoup de poussière.

Nous avons bu une bière avec Chabloz. Nous étions partis pour un café et il a commandé une bière, je l'ai imité. Très vite il est entré dans le vif du sujet sans fioritures ni artifices. Il m'a dit à quel point il comprenait mon désarroi. À quel point il était difficile de voir son projet évoluer, son enfant s'émanciper. Mais ça n'est pas parce qu'il évolue qu'il nous échappe, il insistait bien là-dessus. La seule vraie question à se poser étant : est-ce qu'il évolue dans le bon sens ? Toute autre question ne relève que de l'ego. S'effacer derrière l'œuvre, toujours. Nous avons longuement parlé du compromis dans l'art, il a évoqué le cas du *Dune* de David Lynch, ce grand traumatisme que le réalisateur n'a jamais surmonté. *Mais lui c'est différent, il avait terminé son film, puis il a dû couper, couper, couper à n'en plus finir ce qu'il avait déjà tourné, comme si on lui demandait d'amputer son enfant peu à peu de tous ses membres. Rien à voir avec notre affaire.* Bien sûr que mon projet débarquait en terra incognita, mais n'est-ce pas là l'essence de l'art ? Il a évoqué l'usage de la science-fiction comme outil de parabole. Le côté fantastique ne doit pas être un frein mais une loupe. Nous avons parlé du *Fahrenheit 451* de Truffaut, du *Metropolis* de Fritz Lang, de l'*Alphaville* de Godard, du *Peut-être* de Klapisch, ou comment chaque fois sortir de sa zone de confort sur la forme pour traiter du même sujet avec d'autres outils, sous un angle différent, plus parabolique, donc plus libre, parce que délivré des carcans de la réalité. Le fantastique permet ça. Sans oublier la poésie inhérente au genre, qu'on a malheureusement tendance à trop négliger. Là il a pris un instant un air absent, comme s'il descendait chercher ses pensées à la cave. *Je vais beaucoup vous surprendre mais, savez-vous, parmi les films de mon panthéon, lequel occupe une place toute particulière ?* Il a laissé planer un silence puis a annoncé : La soupe aux choux… *Je sais que ça peut prêter à sourire mais j'ai toujours trouvé ce film injustement décrié. Heureusement, il bénéficie avec le temps d'une relecture plus indulgente, voire enthousiaste. Et voyez-vous, quand nos deux amis nous ont exposé leur pitch, outre la référence aux flatulences, j'ai tout de suite pensé à* La soupe aux choux *: convoquer une entité extraterrestre pour ne servir qu'une seule histoire, celle d'une amitié entre deux hommes que le temps a abîmés et qui sont tout l'un pour l'autre. Décaler le propos afin de pouvoir traiter le vrai sujet tout en pudeur. N'oubliez jamais une chose : au cinéma, l'extraterrestre n'est qu'un alibi pour parler du terrestre.*

Sur l'instant, je ne sais que lui répondre. *La soupe aux choux* n'est pas resté gravé dans ma mémoire comme un chef-d'œuvre du septième art, mais sa façon d'en parler me le fait considérer d'un œil neuf. Je ne me vois pas lui dire que, dans mon souvenir, on était proche du navet, ce serait lui faire offense, ce serait salir son attachement à ce film, que j'imagine remonter à loin.

Nous avons un peu parlé d'auteurs et de cinéastes aux parcours sinueux, dont certains ont préféré mourir dans la misère que de faire la moindre concession, et il a abordé pour la première fois l'aspect financier, me précisant au détour d'une phrase, comme si de rien n'était, *Étant entendu qu'une telle orientation de votre projet est une poule aux œufs d'or en puissance. Mais ce choix ne doit évidemment pas être décisif, l'œuvre avant tout.* Alors qu'une partie de moi toisait ce chapitre avec mépris et arrogance, une autre partie, celle occupée à remplir le frigo, tendait l'oreille.

Nous nous sommes quittés sur une poignée de main dans laquelle j'ai retrouvé celle de notre premier rendez-vous, une poigne de terrien, loin de celles des dernières entrevues qui se rapprochaient, elles, de la main molle du compromis. Il a conclu en disant *Bien évidemment vous seul devez choisir ce que vous avez envie de faire, il est hors de question pour moi de vous imposer quoi que ce soit. Réfléchissez, prenez le temps.*

Voilà.

Je reviens un peu chamboulé de notre entrevue. Il m'a touché je crois. C'était le Chabloz paternel de notre premier rendez-vous, mais plus à nu encore. Par moments, j'apercevais mon père rentrant tard du bureau, éreinté mais souriant, ne se plaignant jamais, dissimulant ses tourments derrière une épaisse muraille de pudeur et de dignité.

Je relis cette phrase et je ne vois pas bien le rapport.

Je crois que je fais un peu de dépression.

Je reçois un texto d'Aurélie : *Francis Huster mon cul.*

Lundi 7 novembre

Un paquet et demi. Jours désœuvrés, jours en suspens. Rarement dans ma vie je me suis senti aussi vide. Déprimé, triste, aigri, en colère, mélancolique, angoissé, tout ça, oui, je connais, mais là le vide, avec tout ce qu'il a de violent. Un trou noir, une seringue géante qui aspire le moindre recoin de vos artères. J'ai rallumé ma télé, voilà des années que je ne l'avais plus regardée, je n'étais même pas sûr qu'elle fonctionne toujours. Si je ne l'avais pas encore jetée, c'était par pure inertie. Je n'avais pas la force de l'apporter à la déchetterie, alors elle trônait là comme une assiette en porcelaine sur une commode de vieille dame seule.

Le bras tendu, la télécommande dans la main, j'allume l'écran sur une fille avec des seins énormes que peine à dissimuler un maillot-alibi, ses lèvres aussi sont énormes. Puis une autre lui succède, puis encore une autre, les trois filles parlent chaque fois face caméra avec de grands mouvements de bras, on a du mal à les différencier les unes des autres – heureusement leur prénom est inscrit en bas de l'écran, comme l'indice dans *Questions pour un champion*. On ne comprend pas ce qu'elles disent, on sent qu'elles cherchent à bien s'exprimer, mais plus elles cherchent à bien s'exprimer, moins on comprend ce qu'elles disent. On les retrouve ensuite dans un grand salon avec des canapés et des garçons, eux aussi à moitié nus. Il faut un minimum de tissu pour accrocher le micro HF, sinon nul doute qu'ils seraient totalement nus. Eux aussi se ressemblent tous : bronzés, des corps d'athlètes, le cheveu épais et gominé, l'œil éteint. Tous s'invectivent, les filles sont plus virulentes que les garçons, qui semblent soudés par une lâcheté mal assumée. Au milieu des phrases qui s'enveniment, certains mots sont remplacés par des bips mais on lit aisément sur leurs lèvres énormes des *espèce de pute* ou des *ferme ta gueule*. Je change de chaîne. Des chroniqueurs autour d'un type animé de tics comme si ses manches le gênaient en permanence, on a envie de lui dire *Prends une taille au-dessus, non ?* Il scande des *voilà* tous les trois mots, en guise de ponctuation. Ses chroniqueurs se forcent à rire à la moindre de ses saillies creuses pour conserver leur cachet. L'animateur lui-même rit à ses propres blagues, balayant du regard les rangs de ses comparses pour vérifier que tous gloussent comme il faut. Leurs rires sentent la peur. Lui a le regard vide et faux. Il semble bête et puissant. C'est donc devenu ça, la télévision. *Il faut faire revenir les gens dans les salles*. À n'importe quel prix ? C'est l'histoire d'un extraterrestre qui pète. Je songe à *La belle verte* de Coline Serreau, souvenir surgi de je ne sais où, c'est drôle, je n'avais jamais repensé à ce film. Une fable écologique, elle aussi fait intervenir des extraterrestres. Tout ça tourne et se mélange dans mon cerveau, les filles aux seins énormes, le type bête et puissant, la publicité pour les assurances ou contre la constipation – l'*encombrement*, est-il dit. Peut-être est-elle là, notre fonction. Créer des chevaux de Troie culturels. Travestir une forme d'éducation en pur divertissement. Déguiser du propos en farce, pour élever, pour extirper les gens de l'emprise des bêtes et puissants, en entrant par la petite porte et en les faisant sortir par la grande. La farce comme outil politique. Je pense à Chaplin, *Le dictateur*, *Les temps modernes*. *Les servitudes silencieuses* ? Une fable contre l'impérialisme, contre le capitalisme, contre les grandes firmes toujours plus avides de profit, le retour de l'humain au centre du système. Pour ça on introduit un regard extérieur, un candide, un élément perturbateur. Un extraterrestre. Qui pète. Je ne sais pas. Peut-être. Peut-être que c'est une voie. Construire du cheval de Troie contre les hommes bêtes et puissants aux manches étroites. Peut-être est-elle là, la réelle mission de l'art.

Mardi 8 novembre

Hier soir chez Aurélie. Pour une soirée qui semble désormais s'imposer comme un rituel, et je ne saurais dire si cette perspective me ravit ou m'effraie.

C'est seulement la deuxième fois, il est un peu tôt pour parler de rituel. Mais tout de même. Nous avons mangé un morceau à notre brasserie (*notre* ? À partir de combien d'occurrences peut-on dire *notre* ?), avons bu quelques verres, parlé cinéma. Fellini, *La dolce vita*, ses sept chapitres, sa scène finale du monstre marin échoué sur la plage. Elle m'apprend qu'au-delà du symbole (évident selon elle), il s'agit d'un véritable fait divers survenu sur la plage de Rimini en 1934. Puis nous sommes allés chez elle, nous sommes installés sur le canapé, elle a glissé dans le lecteur le DVD *La jalousie* de Philippe Garrel, avec Louis Garrel et Anna Mouglalis, s'est pâmée devant la beauté du noir et blanc et l'incroyable sobriété du jeu de Louis. *Les silences de Louis, Boris, regarde les silences de Louis, ils n'ont jamais été aussi bien utilisés que dans ce film, regarde à quel point ses silences sont magnétiques, il faut être son père pour savoir ça, avoir affronté ces silences dans la vraie vie pour en connaître le poids. C'est notre Vincent Gallo national, écris-lui des silences, Boris, tu dois lui écrire des silences, de longues tirades de silences*, avant de se jeter sur moi pour m'embrasser à pleine bouche. Puis elle s'éclipse et revient quelques secondes après avec des perruques. Une brune frisée qu'elle me tend et une blonde aux cheveux longs qu'elle pose sur sa tête. Et elle se jette sur moi à nouveau, *Hein, mon Louis, elle t'excite ta Mélanie hein, dis-lui qu'elle t'excite*, pendant qu'à l'écran Louis Garrel déclare *Je sais qui je suis depuis très longtemps, c'est une chance mais c'est aussi une douleur.*

Ce matin, un petit mot sur le lit pour me dire qu'elle était partie à la fac. Au sol gisaient les deux perruques comme deux poulpes échoués sur la plage de Rimini, preuves matérielles d'une nuit que j'aurais très bien pu avoir rêvée et moi, Marcello déconfit, cherchant là un symbole censé être limpide.

J'allume une énième cigarette. Regarde l'écran de mon ordinateur. J'ai du mal à quitter mon fichier *Journal d'un scénario* pour me plonger dans celui nommé *Les servitudes silencieuses*. Comme devoir s'extraire de son lit douillet et chaud pour aller chercher du pain sous la pluie.

Je l'ouvre. Allons-y. J'enfile mes bottes et mon ciré.

INT. BUREAUX – JOUR

ARIEL

Et tous ces gens travaillent pour vous ?

MARC

Voilà.

ARIEL

Et vous pendant ce temps vous faites rien ?

MARC

Comment ça je ne fais rien ?

ARIEL

Pourquoi vous travaillez pas avec eux ?

MARC

Mais je travaille, enfin !

ARIEL

Vous travaillez ? Où ?

MARC

Ben là, là je suis en train de travailler...

ARIEL

Vous travaillez, là ?

MARC

Ben oui !

ARIEL

Ah.

Petit extrait de ce que j'ai réussi à écrire au terme d'un face-à-face éprouvant. M'approchant à pas feutrés de mon texte, tournant autour, comme d'un chat sauvage que j'essaie d'attraper. J'ai commencé par prendre quelques notes puis, peu à peu, écrit des dialogues entiers, le texte et moi nous apprivoisant l'un l'autre. Je pense avoir trouvé l'angle. Je colle ici ce petit extrait à dessein. Pour y revenir au moindre doute. Garder toujours à l'esprit l'idée de comédie comme couche externe recouvrant un message sociétal, voire politique. Là, Ariel accompagne pour la première fois Marc dans son entreprise. Je me fais les dents sur une scène prise au milieu et qui me semble assez symbolique. Traiter une forme moderne de lutte des classes, de servilité 2.0, d'esclavagisme en cravate. Un manifeste marxiste déguisé en S-F. *Marx Attack*. Je souris de cette trouvaille improvisée.

Je ne sais trop qu'en penser pour l'instant, il me semble que ça fonctionne. Je me sers de l'œil naïf et vierge d'Ariel pour glisser quelques messages. Là-dessus, Chabloz n'avait pas tort, l'introduction d'un élément fantastique est peut-être le moyen le plus subtil de faire passer un message, politique et poétique. Je ne lui dis rien pour l'instant. Je préfère attendre d'avoir avancé un peu. Je ne suis pas fixé, je prends la température et je vois. Seul maître à bord : l'écriture. Elle et elle seule décidera si le projet vaut le coup que je m'y aventure ou pas. Je vais le savoir très vite.

Je pense beaucoup à Ken Loach et à sa peinture du monde ouvrier. Faire du Ken Loach en passant par le burlesque et le fantastique, l'idée est assez belle. L'amitié et la poésie en découleront naturellement.

Mercredi 9 novembre

Boris, Jean,

Le projet ayant quelque peu évolué, il nous est apparu que le titre, Les servitudes silencieuses, *n'était plus très adapté. Or ce choix est primordial, c'est lui qui appelle le spectateur, c'est la vitrine et la porte d'entrée. Aussi nous sommes-nous mis autour de la table, Hugues et moi-même, pour un de ces brainstormings dont nous sommes friands et dont je vous livre le fruit, une liste en vrac des titres qui en sont ressortis :*

Alien que pourra

Ils sont fous ces aliens !

Ça va péter !

C'est pas moi, c'est lui !

Non mais tu viens d'où toi ?

Il fallait que ça tombe sur moi !

Variante : Mais pourquoi ça tombe sur moi ?!

Ça dégaze à Saint-Tropez *(NB : Là, évidemment, situer l'action à Saint-Tropez et dans ses alentours)*

Dégazez, y a rien à voir !

Serre les fesses, y a du vent !

Je choisis de vous livrer l'intégralité de notre petite tambouille mais bien entendu tout n'est pas à conserver, certains de ces titres flirtent avec le potache. Néanmoins, je vous ai gardé pour la fin celui qui pour l'instant fait l'unanimité :

De l'eau dans le gaz

Double sens sur la guerre au sein du couple et les pouvoirs d'Ariel ! Petite astuce pour justifier « l'eau » : Marc est un grand industriel qui commercialise de l'eau minérale. On peut même imaginer que son épouse a produit de faux documents prouvant que l'eau de son mari contient des pesticides ou que le plastique utilisé pour les bouteilles est hautement toxique.

Croyez-le ou non, c'est souvent le choix du titre qui nous apporte de nouvelles idées, et là je crois que nous avons trouvé le bon !

H.

Cigarette. Une de plus. En découvrant ce message, j'ai hurlé face à mon écran, comme s'il était la cause de tout depuis quelque temps. J'ai crié *non*. Simplement *non*. Là c'est trop. Pas le titre, pas mon titre, je serai intraitable là-dessus. Ce serait changer le prénom de mon enfant. Imagine-t-on une seule seconde deux inconnus débarquer chez des gens, sonner à leur porte pour leur dire *Voilà, votre fils se prénomme Pierre mais ça ne nous convient pas, vous devrez désormais l'appeler Kyllian.*

Bien sûr, le projet a quelque peu évolué au fil des maints remaniements, bien sûr, le sujet n'est plus exactement celui du départ, mais *De l'eau dans le gaz* ? Sérieusement ? Non, définitivement non, il faudra me passer sur le corps, les gars. Il est là depuis le début, il y sera à la fin.

Serre les fesses, y a du vent ! Ces types sont payés des fortunes pour trouver ça : *Serre les fesses, y a du vent !* Quelle plus belle mise en abyme de mon sujet : faire un film sur les rapports de pouvoir, sur une élite qui prospère et se goberge sur le dos des petites gens, et faire ce film avec deux représentants de cette espèce. Ou comment torpiller le système de l'intérieur.

Jeudi 10 novembre

Yann m'annonce *Je vais essayer de rattraper le coup avec Martine*. Rattraper le coup, il a utilisé cette expression. Il m'annonce un chantier pharaonique sous forme anecdotique, comme ça, entre deux bouffées de cigarette. Comme il aurait dit *Je vais postuler pour aller sur Mars*.

Euh, Yann, vous êtes en plein divorce, des papiers paraphés et signés se baladent sur des bureaux d'avocats atrabilaires, tu as déménagé, c'est elle qui a demandé le divorce. Il me demande conseil, il me dit *Tu ferais quoi à ma place? Quand on aime quelqu'un, est-ce qu'il ne faut pas tout tenter jusqu'au bout, jusqu'à la dernière minute? Quitte à être pathétique?* Là tu as frappé à la bonne porte. Oui, tu peux. Tu peux aller jusqu'au pathétique. On en revient, tu sais. Puis c'est joli quand on connaît le coin. Je peux te donner de bonnes adresses. Je lui dis *Oui, tu as raison. Mais c'est pas gagné tu sais...* Je prononce la deuxième phrase du bout des lèvres, comme si je devais le préciser, pour ma conscience, tout en espérant qu'il ne l'entende pas. Je l'enveloppe de parenthèses en mousse. Il me répond *Rien n'est jamais gagné*. Oui. C'est vrai. À qui le dis-tu. Alors va. Va rattraper le coup. Je le lui souhaite, pour lui, pour Jules – quant à Martine, je ne sais pas ce qui serait bon pour elle.

Même s'il me demande des nouvelles, j'évite quant à moi de trop m'étendre sur mon histoire avec Aurélie. Parce qu'elle est belle et que lui ne traverse pas du beau en ce moment, inutile de lui faire un rapport de carte postale. Alors je garde pour moi les grands sourires émerveillés, les phrases enflammées et déraisonnables, les déclarations intempestives et acnéiques. Je me contente d'un compte-rendu expéditif, *Tout va bien*, rien de plus. Et pourtant. Si je pouvais. Si je pouvais lui dire à quel point je me sens porté par cette histoire. Cette histoire que je n'avais pas vue venir et que je ne souhaitais pas forcément, et que, de fait, j'ai mis longtemps à accepter. J'ai les sentiments diesel. Je mets longtemps à m'éveiller, je reste figé dans la méfiance la moitié du trajet, chat échaudé. Et quand je trouve enfin ma vitesse de croisière, l'autre est souvent arrivé à destination, mais c'est une autre histoire. Ça n'est pas l'envie qui manque de tout lui raconter, nos rendez-vous, nos petites habitudes que la répétition rend aussi touchantes qu'indispensables, notre pudeur, notre peur de formuler ce que nous vivons pour ne pas le faire disparaître. J'étais encore chez elle hier soir. Ce matin, pour la première fois, elle était là quand je me suis réveillé. C'était très doux. Nous sommes allés prendre un café en terrasse au petit matin, nous avons parlé de la collaboration entre Buñuel et Carrière. On passe des perruques à la terrasse de café sans le moindre lien apparent – ou alors il est très ténu. Deux Aurélie qui évitent de se croiser. Elle non plus ne sait pas faire. Elle aussi a du mal avec les codes. C'est ce qui me la rend si touchante. Nous sommes deux à avoir égaré la notice. J'ai besoin de ça pour avancer au milieu de mon scénario qui s'enlise et m'entraîne dans son sillage.

Yann me dit *Tu as l'air fatigué*. Oui, aussi. De ça je peux lui parler. *Oui, je travaille beaucoup.* Je ne précise pas : en côte et contre le vent.

Vendredi 11 novembre

Mail d'Henri, Chabloz est dans la boucle.

Cher Boris,

N'y voyez surtout aucune intrusion dans votre travail, le statut d'auteur est sacré à nos yeux, hors de question d'empiéter sur sa liberté. Mais Hugues et moi-même avons des idées très précises sur certaines scènes clés, il ne faut surtout pas se louper. Si je puis me permettre cette petite touche d'autoflatterie : à force d'expérience, nous avons le nez pour reconnaître une scène qui peut devenir culte. Et la suivante l'est à n'en pas douter. La voici :

Ariel et Marc sont dans le hall d'entrée du journal pour lequel travaille Christine. Ils doivent récupérer les documents dans son bureau mais ne savent pas comment parvenir jusque-là.

MARC

Allez-y...

ARIEL

Allez-y quoi ?

MARC

Ben allez-y, pétez, on n'arrivera pas à accéder à son bureau avec tout ce service de sécurité...

ARIEL

Mais j'ai pas envie de péter, moi...

MARC

Comment ça vous n'avez pas envie de péter ?? Parce qu'il vous faut avoir envie maintenant ?

ARIEL

Ben oui, vous êtes marrant vous, je pète pas sur commande...

MARC

Alors ça c'est le pompon ! Vous pétez en plein opéra, des places hors de prix, on n'a pas vu la fin ! Vous pétez en plein restaurant trois étoiles au milieu de mes actionnaires ! Et vous êtes incapables de péter là, alors que je vous le demande ?!

ARIEL

Oui, ben le restaurant, ça vous a bien aidé, hein, de partir sans payer...

MARC

Oui bon, ça n'est pas le sujet... Faites un effort bon sang ! C'est notre seul moyen de récupérer les papiers !

ARIEL

Bon d'accord, je vais essayer...

Il se concentre, il force. Des vigiles les ont repérés, ils s'avancent vers eux.

MARC

Alleeeez, dépêchez-vous, pétez bon sang !

ARIEL

Je fais ce que je peux, figurez-vous !

Les vigiles sont de plus en plus près.

MARC

Pétez bon sang, péteeeeeez !!!

Les vigiles arrivent à leur hauteur.

MARC

PÉTEEEEEZ !!!

Là, Ariel lâche un pet tonitruant, les vigiles et tout le monde dans le hall se retrouvent statufiés. Marc peut enfin respirer.

Je vous suggère de lire la scène à haute voix en l'imaginant jouée par Clavier et Merad (avec son accent marseillais !), c'est irrésistible, effet garanti, Hugues et moi ne nous en sommes toujours pas remis !

H.

Je découvre un nouveau message sur Facebook. C'est Christophe Honoré. Il m'a répondu.

Je veux bien jeter un œil au scénario,
Amitiés
C.

Je fixe son message. Allume une nouvelle cigarette. Je croise mon reflet dans le miroir du salon. Je me reconnais à peine. Les traits sont tirés. Ma barbe a poussé. Variante de la théorie des jumeaux d'Einstein : lancez l'un des jumeaux dans l'écriture d'un scénario supervisé par des producteurs, à la fin il aura dix ans de plus que son frère. J'ai le même sweat depuis des jours, le gris à capuche, qui s'orne de taches au fur et à mesure des repas que je prends devant mon écran d'ordinateur. Mes uniques sorties sont consacrées à Yann et à Aurélie.

Je relis le message de Christophe Honoré.

Cher Christophe,

Vous allez adorer mon scénario. En deux mots : c'est l'histoire d'un extraterrestre à l'accent marseillais qui pète. C'est tout à fait dans l'esprit de vos films. L'un des rôles-titres sera tenu par Christian Clavier, que vous avez fait tourner à de nombreuses reprises si je ne m'abuse.

Comme vous pouvez le constater, les planètes sont alignées pour que nous portions ce projet ensemble jusqu'aux plus hautes marches des festivals du monde.

Bien à vous,

Boris

J'efface. Je crois que je commence à m'épuiser. Je n'ai même pas la force de répondre quelque chose de cohérent. Voilà déjà quelque temps que la cohérence n'habite plus dans le coin.

Lundi 14 novembre

ARIEL

Pourquoi tenter de récupérer une femme qui n'est plus celle qu'elle a été ?

MARC

Je ne crois pas qu'on change, Ariel, on revient toujours à son état d'équilibre, entre-temps on ne fait que se travestir…

ARIEL

Et comment sais-tu que ça n'est pas avec toi qu'elle était travestie ?

MARC

Je le sais. Chacun ses pouvoirs. Tu n'es pas le seul à en posséder.

Je m'efforce d'avancer mes scènes sans tenir compte des leurs. J'ai pris le parti de progresser tant bien que mal dans une espèce de collaboration bâtarde et bicéphale. À eux les scènes de « comédie » (je n'ajoute pas une demi-douzaine de guillemets mais le cœur y est), à moi le poétique, l'engagé, le lien d'amitié fort et émouvant qui se construit peu à peu. Comme jadis l'écriture de Lennon et McCartney au sein des Beatles. À McCartney les mélodies sucrées et les ragtimes sautillants, à Lennon les morceaux plus âpres et rugueux, le bon vieux rock sale et déviant. Bien sûr, tout n'est pas si simple : *Helter Skelter*, le morceau le plus violent des Beatles, est signé McCartney. Le petit bijou de douceur qu'est *Julia* est signé Lennon. D'une union a priori contre nature naissent parfois des joyaux. Qui sait si *Les servitudes silencieuses* ne sera pas notre *Sgt. Pepper*. J'ai quand même bon espoir que leurs scènes sautent, qu'en relisant le texte terminé, ils se disent, non, décidément non, nos scènes à nous jurent au milieu, vous avez raison, Boris, on ne peut pas les garder, nous nous sommes bien amusés mais ça n'est pas servir le projet que de les conserver. Je suis conscient de la large part d'autosuggestion dans laquelle je me drape de la tête aux pieds. Mais c'est ça ou me laisser sombrer. Déjà que…

Je trompe Cassavetes avec Émile Coué dans un hôtel de passe.

Mardi 15 novembre

Message de Jujulafrite. Toujours pas un mot. Pièce jointe *Essai6*. J'ouvre. Il a fait une tentative d'affiche dessinée. Comme celles d'Alain Resnais réalisées par Floc'h. Mais Julien n'est pas Floc'h, il n'a même pas la moindre disposition pour le dessin. J'ai l'impression d'être face à un de ces tatouages de Johnny Hallyday sur le bras épais d'un motard sexagénaire. Louis Garrel (je suppose que c'est lui) ressemble à s'y méprendre à Bernard Ménez jeune. Julien me fait prendre conscience du fait que, à quelques dixièmes de millimètres près, on peut être soit Louis Garrel soit Bernard Ménez. À quoi tient une vie. Mélanie Thierry est méconnaissable, si ce n'est par ses cheveux blonds et ses yeux bleus, animés d'ailleurs d'un étrange strabisme divergent. *Les servitudes silencieuses* avec Bernard Ménez et Jean-Paul Sartre. On se rapproche peu à peu de la réalité.

Je lui réponds *Merci Julien, c'est super, bravo!* et allume une cigarette. Je suis pris de quintes de toux interminables, je fume de plus en plus. Aurélie m'a trouvé mauvaise mine hier soir. Puis elle a ajouté *En même temps, ça fait artiste maudit, c'est sexy.* Sexy. C'est la première fois qu'elle fait une référence sexuelle en dehors des murs de son appartement. Je m'attendais à ce qu'elle sorte les perruques de son sac à main, là, à la terrasse du bar, nous les mette sur la tête et me dise *Mmm, Louis, tu l'aimes ton expresso, hein?*

J'ai justifié ma mauvaise mine par la dernière ligne droite de mon scénario, *c'est la fin, je travaille beaucoup, je dors peu, si tout va bien, dans deux, trois jours c'est bouclé*, ce qui est vrai. À cette annonce elle exulte, elle a hâte qu'il soit terminé, elle dit *Tu m'as promis que tu me le ferais lire quand il serait terminé, hein, tu me l'as promis!* Elle ajoute *Il faudra fêter ça!* Avec ses grands yeux verts de petite fille, elle m'émeut. J'ai envie, là, à cet instant précis, de lui caresser la joue. Rien que ça. Mais nous n'avons pas ce genre de rapports et je ne me sens pas de bousculer les règles, c'est elle qui mène la danse, je ne peux pas prendre le risque de faire s'écrouler comme un château de cartes cette jolie pudeur qui s'est instaurée, et que nous semblons ne pouvoir surmonter que chez elle, devant un film, à partir d'une certaine heure. Nous sommes un couple de loups-garous, le DVD est notre pleine lune.

Mercredi 16 novembre

Deux mails au réveil, un d'Henri, un autre de Bernard.

Hello,

Nous continuons nos envois d'extraits, nous ferons le point à la fin. Inutile de vous dire que nous nous amusons comme des petits fous. Je vous le dis, ça sent le film culte !

Marc a un rendez-vous important avec une partenaire pour signer un gros contrat, il y va avec Ariel.

MARC

Chloé, je vous présente Ariel, un de mes nouveaux collaborateurs...

CHLOÉ

Enchantée.

ARIEL

Enchanté aussi.

Elle lui tend la main, Ariel plaque ses deux mains sur ses seins et les malaxe, Chloé est outrée !

CHLOÉ

Non mais ça va pas ??!

Marc est décomposé et se met à bredouiller.

MARC

Pardon, mais c'est comme ça qu'on dit bonjour là d'où il vient…

CHLOÉ

Hein ?? Et il vient d'où ?

MARC

De… De Roubaix…

CHLOÉ

De Roubaix ? À Roubaix on se touche les seins pour se dire bonjour ? J'ai jamais entendu ça !

MARC

Ah si si, tout le monde fait ça là-bas, c'est une vieille tradition, ça remonte au temps des… des mineurs de charbon, quand ils rentraient chez eux et retrouvaient leur femme…

CHLOÉ

Quoi ? Qu'est-ce que vous racontez ?… Et si vous voulez mon avis, il n'a pas un accent à venir de Roubaix…

Marc panique et s'embrouille.

MARC

Oui non mais il a été élevé par une nourrice marseillaise… *(En aparté, irrité, à Ariel :)* Là, par exemple si vous pouviez péter un coup ça m'arrangerait, vous voyez…

Il dit ça un peu trop fort, Chloé a entendu.

CHLOÉ

Quoi ??!!

Bonne journée !

H.

Salut Boris,

Un petit mot pour te donner des nouvelles : tout se met doucement en place, l'organisation du festival est ravie de la venue de Louis et Mélanie, je peux d'ores et déjà te dire qu'ils vont être reçus comme des princes !

Quant au sujet du débat, j'ai fini par trancher. Je pensais à : « S'affranchir d'une injonction narrative ou l'émergence d'un nouveau paradigme cinématographique comme désir de retour aux sources mêmes du cinéma. »

Je pense qu'ils seront emballés. J'arrête de tergiverser, arrêtons-nous là-dessus une bonne fois pour toutes si le thème te convient.

Je me permets de te joindre les fiches à remplir, si tu veux bien les leur transférer ? Ou me communiquer leur adresse mail, ce sera plus simple pour la logistique. C'est de l'administratif, c'est un peu lourd, mais c'est le passage obligé (allergies alimentaires pour les repas etc., ils doivent connaître le topo par cœur).

Bien à toi,

Bernard

Lundi 21 novembre

Plus trop le temps d'écrire dans ce journal ces jours-ci. Pour faire court : je travaille d'arrache-pied sur mon scénario, intégrant quand ils me parviennent les extraits toujours plus affligeants que m'envoient Laurel et Hardy. Plus ils sont affligeants, plus ils m'incitent à m'élever, à me surpasser dans mon écriture, dans une lutte de chaque instant pour rétablir une moyenne acceptable. *Sgt. Pepper*, je garde ça en ligne de mire, et notamment son sommet, *A Day in the Life*, morceau brillant alors que morceau-collage – mais collage de parties brillantes. J'avance avec mes œillères, labourant ma partie, essayant de ne pas trop me préoccuper du reste du champ. Le soir, je retrouve Aurélie pour nos instants à nous, bulles de légèreté au milieu d'une coulée de plomb. C'est ce qui me sauve, qui me maintient la tête hors de l'eau. Outre le fait que j'aime de plus en plus passer du temps avec elle, nos rendez-vous m'obligent à sortir de chez moi, à quitter mon écran, avec tout ce que ça implique de codes à respecter : prendre une douche, changer de sweat, partager le trottoir avec d'autres êtres humains, sourire, parler, être au monde. Maintenir vivante la part infime d'être social qui subsiste encore en moi, comme l'unique rescapé d'un crash aérien dans les Andes auquel les chances de survie sont minces mais pas désespérées.

Tout ça avance sans que j'aie la moindre idée de la direction que nous prenons, mais il vaut mieux parfois ne pas savoir où l'on va. Pour continuer d'avancer. Pour garder un bon pas. Pour éviter de s'allonger tout à coup au milieu de la route en position fœtale.

Mardi 22 novembre

Mail de Bernard.

> *Fierté ! Encore merci.*
> *B.*

Uniquement ça. Accompagné d'une pièce jointe. Je l'ouvre. Il s'agit d'un article de presse quotidienne régionale. Bernard apparaît en photo dans un bureau.

Il a l'air concentré, il semble fixer quelque chose au loin sur sa gauche, l'une des branches de ses lunettes entre les lèvres. Le titre de l'article : *CinéRegards, un festival qui monte!* Sous le titre : *La programmation de cette année nous est dévoilée au compte-gouttes et autant dire qu'elle est prometteuse ! Avec la venue de Louis Garrel et Mélanie Thierry, cette nouvelle édition s'annonce d'ores et déjà comme un succès.*

Suit un article que je n'ai pas l'énergie de lire.

Mercredi 23 novembre

Voilà, c'est terminé. Tout du moins une première mouture grossière. Je suis censé tout relire pour vérifier que ça tient la route mais je n'y arrive pas. Quoi qu'il en soit, je sais que je n'y reviendrai plus. J'ai jeté mes dernières forces dans cette version. Ils pourront exiger toutes les modifications qu'ils veulent, ce sera sans moi. Je suis allé au bout de ce que je pouvais faire, j'y ai laissé mes espoirs, mon énergie, ma santé, mon orgueil, tout est là, mes boyaux déroulés sur cent vingt feuillets de lutte acharnée.

Je relis tout de même en diagonale, choisissant de me focaliser sur mes passages à moi, évitant les scènes suggérées (imposées ?) comme autant de mines. Je ne crois pas avoir réussi, malgré mes passages, à redresser la barre. Le *Titanic* était trop lourd à dévier. Je tombe par hasard sur la scène où les deux personnages se retrouvent dans une discothèque complètement saouls (après que Marc a appris qu'il était en passe de perdre son procès) et où Ariel donne des cours de pets à Marc. Il essaie de le faire péter dans la bonne tonalité – il lui assure que c'est simplement une question de tonalité. Alors Marc multiplie les tentatives à côté de deux superbes blondes qu'ils ont invitées à boire une coupe de champagne.

ARIEL

Le pet temporel se situe à une fréquence de 370 hertz, soit ce que vous appelez chez vous le *fa* dièse…

MARC

?? Je dois péter en *fa* dièse ?

ARIEL

Voilà.

MARC

Mais comment voulez-vous que je pète en *fa* dièse ??

ARIEL

Ben c'est pas compliqué, c'est entre le *fa* et le *sol*…

J'allume une cigarette et envoie mon fichier à Chabloz et Henri avec pour unique commentaire *Voilà, vous me direz*, quatre mots qui sentent la fin de parcours sur les rotules.

Vendredi 25 novembre

Appelons ça un suicide en bonne et due forme. Je ne vois pas d'autre mot.

Hier soir, pour fêter la fin de mon scénario, Aurélie est venue me chercher chez moi, elle m'avait prévenu, elle était dans le quartier, elle avait envie de voir *mon petit chez-moi*. Passé un instant de panique, j'ai tenté de mettre un peu d'ordre dans mon appartement, ne sachant par quel bout le prendre. Quand elle est arrivée, je l'ai sentie émue et amusée. Elle a dit *La voilà donc, la fameuse tanière*. J'allais prendre une douche et nous irions fêter la fin du scénario à notre terrasse.

Quand je suis sorti de la salle de bains, elle était blême. Elle tenait à la main la pile de feuillets des *Servitudes silencieuses* que j'avais imprimés pour relecture (j'avais conservé mon titre sur la première page comme un acte de résistance). Elle m'a demandé *C'est quoi ça ?* Je me suis trouvé totalement démuni. Je lui ai simplement répondu, les yeux baissés, incapable d'argumenter : *C'est mon scénario*. Elle m'a regardé un instant, elle attendait autre chose je crois. J'ai ajouté *Je suis désolé*. Elle a dit *Tout ce temps tu t'es moqué de moi ?* J'ai bredouillé *C'est plus compliqué que ça*, puis elle est partie sans même attendre une explication que de toute façon je n'avais pas.

Comment ai-je pu laisser traîner mon manuscrit ? Je suis sûr qu'il se trouvait dans mon tiroir. Elle aura ouvert au hasard pour fouiller, comme ça, sans malveillance particulière, puis sera tombée dessus. J'aurais pu le lui reprocher mais c'eût été déplacé. Et qui sait si mon manuscrit n'était pas négligemment posé sur une table, comme un acte manqué éclatant. Mon subconscient qui n'en pouvait plus de mentir et qui aurait décidé de tout déballer, de se libérer de ce poids pour qu'on reparte sur de bonnes bases, ça passe ou ça casse. Tapis sur le rouge. Et c'est le noir qui est sorti. Et c'est le noir qui m'a envahi. La porte a claqué, j'ai écouté ses pas s'éteindre dans l'escalier. Une minute après son départ, j'étais déjà nostalgique d'une belle époque. Je suis resté longtemps debout à espérer le bruit des pas dans l'autre sens.

Pourquoi ne l'ai-je pas retenue ? Pourquoi ne lui ai-je pas couru après dans la cage d'escalier ? Parce que ça n'est pas moi. Ça n'est pas dans mon ADN. Les garçons naissent dans les choux, les filles dans les roses, je suis né dans la capitulation. Toute ma vie, chaque fois qu'une fille m'a annoncé que c'était fini, j'ai dit *D'accord*. Simplement ça. Alors même que mon ventre et mes tripes et mon cœur prenaient feu. Et chaque fois, la fille se trouvait désarçonnée face à si peu de combativité. Les armes étaient déposées avant même le début de la bataille. Si nous n'avions pas ce rapport aussi pudique, je demanderais un jour à mes parents dans quelles circonstances ils m'ont conçu. Mon père a dû rentrer un soir du travail après une énième déconvenue professionnelle, une humiliation d'un supérieur à laquelle il aura opposé un silence de plus, tête baissée. Ma mère lui aura dit *Viens*, l'aura entraîné dans une étreinte de consolation. Contre les bras ballants l'amour, contre les yeux baissés les tendres caresses. Neuf mois après : le fruit du renoncement.

Lundi 28 novembre

> *Nous n'avons qu'un mot à dire :* MERVEILLEUX *!!*
> *Vous y êtes arrivés !*
> *H.*

Pas de nouvelles d'Aurélie. J'ai guetté les messages sans relâche, toutes les heures, toutes les minutes. À moins d'aligner les *désolé*, ma ligne de défense est assez mince. Désolé. Tout simplement. Peut-on s'excuser d'être lâche ? Peut-on s'excuser de n'avoir su freiner une fois lancé à tombeau ouvert sur la mauvaise piste ? Bien sûr, ça n'est pas grave. Bien sûr, il n'y a pas mort d'homme. Je lui ai menti sur un scénario, bordel, un scénario, ça n'est pas grand-chose. Je pourrais me cacher derrière cet argument. Bien sûr. Il n'empêche que je comprends qu'elle ait été déçue, blessée, trahie. Ce qui était anecdotique en début d'histoire ne l'est plus quelques années de route plus tard. Une déviation de quelques centièmes de degré sur la ligne de départ aboutit sur la longueur à deux points aux antipodes l'un de l'autre. Je passe mes journées sur le canapé. Vide et sec. J'ai rallumé la télé, mes journées sont rythmées par les documentaires animaliers (là en fond, pendant que j'écris : les bœufs musqués de la région de Mackenzie), le télé-achat, les seins énormes dans la villa, le bête et puissant aux manches étroites.

Je n'ai même plus de scénario à réécrire pour combler le vide, puisqu'il est bouclé. Bouclé et merveilleux. J'attends la suite des événements, justifiant ma prostration par un repos mérité après être allé au bout de moi-même et avoir porté un projet pendant des mois. Appelons ça un baby blues, pour justifier les seins énormes, le bête et puissant et les bœufs musqués. Un baby blues après avoir accouché d'un bébé difforme et monstrueux. Et, comme tout parent qui se respecte, me refusant à reconnaître qu'il est difforme et monstrueux.

Mardi 29 novembre

J'ai fini par appeler Yann pour aller boire un verre. C'est rare que l'initiative vienne de moi. J'avais besoin de lui raconter, de partager ça avec quelqu'un, et Yann m'est apparu comme la seule personne avec qui le faire. Je ne lui ai pas raconté les détails, j'ai élagué, j'ai simplement dit qu'Aurélie n'était pas sûre de vouloir continuer. Il a été sincèrement désolé pour moi. Il m'a dit, avec un petit sourire mélancolique *Bon ben nous revoilà tous les deux sur le marché, mon gars*. En fait de marché, j'ai eu la vision de deux objets rescapés des années 70 posés à même le bitume de notre vide-greniers du dimanche. Deux objets devant lesquels plus personne ne s'arrête. J'ai oralisé cette vision et Yann a éclaté de rire. J'ai aimé le son, voilà bien longtemps que je n'avais pas entendu ce rire, désespéré mais franc. *Et tu te visualises en quel objet toi ?* J'ai dit la première chose qui me passait par la tête *Un de ces petits appareils en plastique rouge qu'on mettait sur les yeux et dans lesquels on glissait des plaquettes de diapositives qu'on faisait défiler, de ces plaquettes qu'on ramenait de vacances en guise de souvenirs, tu vois ce truc ?* Il a éclaté de rire à nouveau. Ma description était incompréhensible mais je crois qu'il a vu de quoi je parlais. Pourquoi est-ce que c'est cet objet qui m'est apparu en premier? Aucune idée. Je me sentais si perdu que je suis allé chercher du perdu. *Et toi?* Il a réfléchi un instant, et a lâché, stoïque: *un trente-trois tours d'Enrico Macias.* J'ai éclaté de rire à mon tour. Avec pareils trésors, le chaland n'allait pas s'attarder longtemps devant l'étal, on allait en bouffer, du bitume, avant de servir à nouveau.

Le petit appareil à diapositives et le trente-trois tours d'Enrico Macias sont restés à la terrasse du bar à siroter des bières, et j'étais à la fois très triste et très heureux d'être là, dans un état slave et incertain.

Mercredi 30 novembre

Voilà, c'est fini. C'est la dernière fois que j'ouvre ce fichier *Journal d'un scénario.* Parce qu'il n'a plus de raison d'être. Parce que tout est terminé. Le scénario, Aurélie, le scénario avec Aurélie, tout ce qui me tenait ces derniers mois. Je vais avoir besoin de passer à autre chose, je ne sais pas encore quoi. La vie est une succession de fichiers aux titres abscons. Il est écrit que, dans ma vie, journal et rupture, rupture et journal, dans un sens ou dans l'autre, sont inextricablement liés, que l'un entraîne l'autre dans son sillage. Il est grand temps d'arrêter avant de recopier des extraits de chansons des Smiths.

Je reviens du *pot de point final*, voilà comment Laurel et Hardy avaient baptisé le rendez-vous qu'ils avaient organisé aujourd'hui dans leur bureau. Nous étions tous les quatre, ils étaient surexcités, je les ai soupçonnés un instant d'être sous coke. Mais non, ils étaient simplement animés par la joie collective du projet achevé. Hugues a appuyé sur une sorte de bouton d'interphone et a dit *Lola, mes invités sont là*. Quelques minutes plus tard, une fille est arrivée avec une bouteille de champagne dans un seau, accompagnée de quatre flûtes. La fille portait une robe mauve et rouge assortie à la reproduction de Rothko au mur derrière elle et je me suis demandé un instant si c'était fait exprès. Hugues nous a servis tout en devisant avec Chabloz du millésime en des termes qui nous échappaient, à Henri et moi, même si lui acquiesçait avec un intérêt surjoué. Tous trois étaient d'excellente humeur. Je me fondais dans la joie ambiante par manque d'énergie, camouflé en auteur épanoui – comme Lola l'était en Rothko – alors que je n'étais que vide et renoncement. J'avais atteint ce point de non-retour où plus rien n'importe, où la multiplication de coups a anesthésié la peau – Rocky qui hurle à Ivan Drago *Frappe! Vas-y, frappe!* (*Rocky IV*, 1985). Nous étions là pour fêter la fin de mon scénario dans l'allégresse ? Qu'il en soit ainsi. Je ferai tout ce qu'il m'est demandé de faire. Et qu'on en finisse.

Hugues a tapoté son stylo contre sa flûte à champagne et fait le geste de dérouler une feuille de papier démesurée annonçant un discours interminable. Nous avons ri.

Mes amis, même après pas mal de projets à mon compteur, j'éprouve toujours la même émotion à la lecture d'un scénario dont on se dit Voilà ! On l'a la matière. On peut lancer la machine, on a le carburant, *et quel carburant ! J'aimerais remercier Boris pour son travail extraordinaire, son écriture, sa poésie, sa disponibilité, son professionnalisme… Je ne citerai personne, mais si tous les auteurs avaient sa rigueur, notre calendrier ne serait pas le Verdun perpétuel qu'il est.* (Rires de l'assistance.) *Donc pour tout ça et bien plus encore, merci Boris ! Alors bien sûr, il y a deux, trois boulons à resserrer çà et là, mais nous allons nous en occuper en interne, de simples détails. Puis nous confierons ce beau bébé à un réalisateur, nous avons déjà quelques petites idées qui nous enthousiasment beaucoup, et en voiture Simone !* (Rires.) *Vous pouvez vous reposer, Boris, vous l'avez bien mérité, vous avez fait un travail remarquable. Je n'ai qu'une chose à dire : À* De l'eau dans le gaz*!* Nous avons levé nos verres et répété après lui : À De l'eau dans le gaz*!* Nous avons trinqué, Chabloz s'est tourné vers moi, m'a mis la main sur l'épaule et a ajouté *On va faire un beau film.*

Dimanche 1er janvier

Les jours rallongent, ça me semble être une raison suffisante pour reprendre ce journal. Ça et le début de l'année, toujours promesse de nouveaux départs, qu'importe si on trébuche quelques mètres plus loin.

Que dire ? Que retenir de tout ça ?

Je continue de voir Yann pour nos petits bilans habituels. Il y a une quinzaine de jours, il a reçu un texto alarmant de Jules l'implorant sans donner plus d'explications de le retrouver très vite, il avait besoin de lui. Il avait envoyé le même texto à Martine. Quand tous deux sont arrivés sur place, affolés, Jules les attendait, souriant, et leur a dit *J'avais envie de boire un Coca avec vous deux*. Depuis, Yann et Martine se revoient régulièrement, parfois avec Jules, parfois tous les deux. Yann dit *C'est fragile, je ne sais pas, on verra*, mais il a retrouvé des couleurs, les couleurs de l'espoir, des lendemains possibles.

Le scénario des *Servitudes silencieuses*, plutôt de *De l'eau dans le gaz* (je n'avais pas écrit ce titre depuis tellement de temps, j'en éprouve toujours le même frisson), est apparemment toujours en lecture chez les deux acteurs principaux, mais j'ai de moins en moins de nouvelles. Soit ils lisent très lentement, soit le projet est tombé à l'eau sans que l'on ose m'en informer. Chaque fois que j'ai Chabloz au téléphone, il est fuyant et évasif, il se perd en métaphores, me parle d'ères géologiques, de changements naturels ou induits, d'anthropocène, je ne comprends rien, lui non plus je crois. *De l'eau dans le gaz* prend l'eau, ça sent le gaz. Voilà ce que je pourrais proposer, si le film sort un jour, pour mâcher le travail des critiques cinéma.

Qu'est-ce que j'ai fait pendant un mois ? *J'ai dormi* (Noodles, *Il était une fois en Amérique*, 1984).

Et j'ai souvent pensé à Aurélie. Tous les jours à vrai dire. Sans avoir le courage de la recontacter.

Les jours rallongent et je me suis levé ce matin avec deux résolutions. Écrire un nouveau scénario et un texto à Aurélie. Essayer d'aller au bout de ces deux projets, coûte que coûte. Le second me semble à vrai dire plus insurmontable que le premier. Mais je vais m'y atteler, m'acharner, ça prendra le temps qu'il faudra mais mon texto sera parfait. Il y sera question de tiramisu à la fraise, de pardon, de Fellini et d'émoticônes appropriées.

Puis je lui offrirai *L'organisation de l'espace dans le* Faust *de Murnau*, ce livre et moi nous toisons depuis des semaines sans avoir grand-chose à nous dire.

DU MÊME AUTEUR

Romans

FIGUREC, Gallimard, 2006 (Folio nº 6607).

LE DISCOURS, Gallimard, 2018 (Folio nº 6750).

BROADWAY, Gallimard, 2020 (Folio nº 7079).

SAMOURAÏ, Gallimard, 2022 (Folio nº 7250).

Bandes dessinées et autres (sélection)

LE STEAK HACHÉ DE DAMOCLÈS, La Cafetière, 2005.

TALIJANSKA, La Cafetière, 2006.

DROIT DANS LE MÛR, La Cafetière, 2007.

LA BREDOUTE, 6 pieds sous terre, 2007.

LIKE A STEAK MACHINE, La Cafetière, 2009.

-20 % SUR L'ESPRIT DE LA FORÊT, 6 pieds sous terre, 2011, nouvelle éd. 2022.

L'INFINIMENT MOYEN, Même pas mal, 2011.

L'ALBUM DE L'ANNÉE, La Cafetière, 2011.

CARNET DU PÉROU. SUR LA ROUTE DE CUZCO, 6 pieds sous terre, 2013.

PARAPLÉJACK, La Cafetière, 2014.

ZAÏ ZAÏ ZAÏ ZAÏ, 6 pieds sous terre, 2015.

STEAK IT EASY, La Cafetière, 2016.

PAUSE, La Cafetière, 2017.

ET SI L'AMOUR C'ÉTAIT AIMER ?, 6 pieds sous terre, 2017, nouvelle éd. 2020.

MOINS QU'HIER (PLUS QUE DEMAIN), Glénat, 2018.

EN ATTENDANT, avec Gilles Rochier, 6 pieds sous terre, 2018.

OPEN BAR, Delcourt (2 volumes, 2019, 2020).

FORMICA. UNE TRAGÉDIE EN TROIS ACTES, 6 pieds sous terre, 2019.

HEY JUNE, avec Evemarie, Delcourt, 2020.

MOON RIVER, 6 pieds sous terre, 2021.

GUACAMOLE VAUDOU, avec Éric Judor, Éditions du Seuil, 2022.

DANS LA MÊME COLLECTION

LE DISCOURS, Fabrice Caro, 2018.

LE JOUR OÙ LA DURANCE, Marion Muller-Colard, 2018.

APRÈS CONSTANTINOPLE, Sophie Van der Linden, 2019.

LA DISSONANTE, Clément Rossi, 2019.

WANTED LOUISE, Marion Muller-Colard, 2020.

BROADWAY, Fabrice Caro, 2020.

FIN DE SAISON, Thomas Vinau, 2020.

MIKE, Emmanuel Guibert, 2021.

VIEUX CRIMINELS, Nicolas de Crécy, 2021.

LA VIE D'ANDRÉS MORA, Claudine Desmarteau, 2021.

MARCELLO & CO, Thomas Vinau, 2022.

SAMOURAÏ, Fabrice Caro, 2022.

LUDWIG DANS LE LIVING, Théo Bourgeron, 2022.

Éditorial : Géraldine Blanc
Direction artistique : Anne Lagarrigue
Graphisme : Pascal Guédin

Ouvrage composé en Mencken (Typofonderie)
et Replica (Lineto)
par IGS-CP à L'Isle-d'Espagnac.
Achevé d'imprimer
par Normandie Roto Impression à Lonrai,
en juin 2023.
Dépôt légal : juin 2023.
Numéro d'imprimeur : 2302311

ISBN : 978-2-07-303226-3 / Imprimé en France

611788